Aurélien La

Le Testament

ISBN numérique : 979-10-262-9204-3

EAN papier : 9791026292050

Librinova

Courriel : contact@librinova.com
Internet : www.librinova.com

L'on ne peut goûter à la saveur des jours que si l'on se dérobe à l'obligation d'avoir un destin.

Emil Cioran

CHAPITRE 1

— Enfin, c'est tout de même incroyable. Vous n'avez rien de plus à nous dire que "je ne sais pas" ? Veuillez nous fournir ne serait-ce que le début d'une ébauche d'explication !

Les membres du conseil de discipline bouillonnaient.

Je ne souhaitais pas leur répondre. Devant l'évidence, j'avais nié en bloc et, depuis, j'observais un mutisme absolu.

Mon attitude les rendait hystériques. Ils gesticulaient, rougeoyaient, transpiraient.

Arsène, lui, demeurait impassible. Pourtant, je l'avais entraîné dans ma chute. N'importe qui à sa place se serait révolté, aurait tempêté, hurlé à l'injustice ; lui m'observait en silence, en spectateur sidéré. Ce n'était pas dans sa nature de s'énerver. De temps en temps, j'avais vu Arsène s'agacer – les travaux n'avançaient pas aussi vite qu'il le souhaitait, certains manquaient de rigueur –, mais jamais il ne se fâchait.

Cette « affaire », comme on l'appela au sein du CNRS et dans la presse, il l'avait accueillie avec sa placidité habituelle : « Ah, zut, il pleut » ; « Ah zut, j'ai oublié mon parapluie » ; « Ah zut, Marc Langlois a produit un faux et vient de ficher en l'air ma réputation et cinquante années de travail. »

J'aurais dû adresser une lettre à Arsène, lui demander pardon et expliquer mon comportement d'alors. Lui, il ne méritait pas ce silence.

C'est la raison pour laquelle, lorsqu'il revint dans ma

vie quelques années plus tard, je me devais de lui rendre ce service. Peu importait ma nouvelle existence et mon acharnement à étouffer ce passé honteux. Je devais le faire. Coûte que coûte.

CHAPITRE 2

La première fois que je vis Fabrice Lemaire, j'étais chargé de recherche au CNRS, je vivais de ma passion, et j'étais en couple.

La deuxième fois, je n'étais plus rien et, sans le savoir, il allait devenir mon bienfaiteur.

Je fis sa connaissance lors d'un trajet en train. Il s'était assis à côté de moi, et avait immédiatement cherché à engager la conversation. J'avais du travail et aucune envie de discuter. Je lui répondais alors par phrases courtes, la tête penchée sur mon ordinateur, en ajoutant de longs points de suspension entre chaque mot. J'espérais ainsi lui signifier que j'étais une personne ennuyeuse et qu'il ne servait à rien de bavarder avec moi. Ces signaux, il ne les voyait pas ou feignait de ne pas les voir. Je pense avoir laissé échapper un soupir au bout d'un moment.

— Vous avez du travail ?

— Oui.

— Je vous laisse tranquille alors.

Je m'imaginais en paix. Ce fut loin d'être le cas. Comme un enfant qui ne tient plus en place, mon voisin se mit à gigoter et à ouvrir et refermer sans raison la tablette de son siège. J'essayais de faire abstraction de cette agitation, mais, dans l'impossibilité de me concentrer, je finis par lui jeter un regard désapprobateur.

— Pardon. Je fais du bruit.

— Un petit peu, oui...

— Vous êtes historien ?

— Oui.

– Je ne regarde pas ce que vous écrivez, hein, mais j'ai entraperçu que ça parlait d'Histoire.

– Ça parle d'Histoire, effectivement.

– Vous êtes enseignant ?

– Cela peut m'arriver d'enseigner, mais je suis avant tout chercheur.

– Vous cherchez dans quoi ? Enfin, c'est quoi votre spécialité ?

– Je suis médiéviste. J'étudie le Moyen Âge.

– Ah, c'est intéressant. Moi, je travaille presque dans le même domaine, mais pas tout à fait. Je suis généalogiste successoral.

Il m'expliqua que son métier consistait à retrouver les éventuels ayants droit d'un défunt et de leur remettre leur part de la succession. Son affaire était toute récente. Il venait de la créer et était à la recherche de collaborateurs, notamment d'historiens. Si d'aventure je connaissais des collègues qui pouvaient être intéressés ou si moi-même je l'étais, il s'affirmait « preneur ». Par politesse, je lui promis que je n'hésiterais pas à en parler autour de moi (chose que je ne comptais absolument pas faire) et saisis la carte de visite qu'il me tendait.

Cette carte de visite, je l'ai retrouvée au hasard d'un rangement quatre années plus tard. Je l'avais complètement oubliée. Ce bout de carton, auparavant objet de mon mépris, m'apparut comme le sésame qui me permettrait, peut-être, de sortir du bourbier dans lequel je croupissais depuis mon éviction du CNRS.

J'étais, comme on dit, aux abois. Les petits boulots que je dénichais m'autorisaient seulement à payer mon loyer (les quatorze mètres carrés dans lesquels j'avais été contraint de déménager) et je survivais péniblement avec le peu d'argent qui me restait.

Devenu paria, j'aurais pu aisément moisir dans un

placard quelconque au sein d'une université ou d'une bibliothèque ; seulement, le risque de croiser d'anciens confrères ou collègues m'avait paru bien trop élevé et j'avais exclu cette option. Au fil du temps, les choses auraient forcément fini par s'ébruiter et j'aurais eu à supporter le « qu'en-dira-t-on ». Cette pensée m'avait été intolérable. Je dus alors me résoudre à trouver du travail ailleurs.

Je me vis contraint de truquer mon CV. Non pour rajouter des qualifications, comme c'est souvent l'usage, mais, au contraire, pour en ôter. Les employeurs potentiels s'étonnaient, lors des entretiens, qu'un doctorant médiéviste vienne frapper à leur porte. Ils étaient à la recherche d'un serveur ou d'un vendeur, pas d'un « intello » qui discuterait systématiquement leurs ordres et remettrait en question leur autorité. Je trouvai alors une parade : je me disais comédien et expliquais vouloir travailler pour payer mes cours de théâtre. Afin de justifier mon âge avancé pour étudier encore – trente-quatre ans à l'époque – je me déclarais en reconversion. Cet argument fonctionna et je fus embauché comme serveur.

Je m'étais créé un personnage sur-mesure. Avec le recul, je pense que cela m'aida à aborder cette phase de transition. Je n'avais plus à avoir honte, car j'étais quelqu'un d'autre. Je devais aller de l'avant, sans m'embarrasser de questions existentielles inutiles, avec pour seul objectif celui de gagner ma vie. Saluer le client, prendre sa commande, la lui apporter, m'efforcer d'être aimable – sans être intrusif –pour qu'il se sente unique et respecté et espérer, ainsi, obtenir un pourboire. Ce rituel journalier me convenait tout à fait.

Je changeai régulièrement d'employeur. Pas par goût de l'aventure, tout simplement parce que je finissais toujours par me faire licencier. Je n'étais pas un manuel, je ne l'avais jamais été et j'eus beau m'échiner à assimiler les rudiments du métier, le geste demeura imprécis. Mais, plus que ma maladresse, c'était surtout mon « rapport au client » qui indisposait mes employeurs. Mon comportement durant le service n'était pas en cause – ils le trouvaient, au contraire, attentionné – c'était, selon eux, « autre chose ».

Invariablement, mes patrons bottaient en touche lors de ces séances de remontrances. Ils ne parvenaient pas à exprimer clairement ce qu'au fond ils me reprochaient. Je ne les aidais pas dans cette tâche. J'attendais patiemment qu'ils me délivrent une vérité, qu'ils m'expliquent enfin pourquoi j'étais comme j'étais, pourquoi ma vie sociale avait souvent été compliquée. Peut-être possédaient-ils une réponse, une clef qui provoquerait un déclic dans mon for intérieur et m'apporterait la lumière ?

La révélation ne se produisait jamais et ces moments demeuraient fort gênants. Plus pour eux que pour moi, car, au fil du temps, je m'étais habitué à ces épisodes et je laissais mes employeurs s'embourber dans leurs démonstrations filandreuses qui se concluaient généralement par « Enfin, bon, bref, tu comprends ». Une fois, l'un d'entre eux, en pénurie d'arguments, me signifia que ce qui clochait chez moi, c'était « ma tête ». Il convint que c'était étrange d'énoncer cela, mais qu'il s'agissait pourtant bel et bien de la vérité. Il avait probablement raison. Ma tête, déjà peu avenante, devait être pénible à regarder à cette époque. Au labeur et à la fatigue s'ajoutait un état de décrépitude morale qui devait inévitablement affecter mon faciès.

Lorsque je m'approchais des clients, une pesanteur tombait instantanément sur eux comme une chape de plomb. Finis les rires, le plaisir de se retrouver ensemble pour un bon repas, un croque-mort était là, calepin en main, pour prendre leur commande... Les visages se contractaient alors, les gorges se raclaient, les regards s'entrechoquaient. Dans les premiers temps, je pensais que la raison de ce trouble provenait du fait que je ne souriais pas assez. Je me mis alors à sourire davantage. Le malaise augmenta d'autant. Je pris donc la décision de ne plus faire d'effort. J'étais arrivé à la conclusion que, quoi que je fasse, c'était dans ma nature de « foutre les boules aux gens » comme me l'avait indiqué mon dernier employeur, Monsieur Beaurepaire.

CHAPITRE 3

En ultime recours, comme l'on abat son dernier atout, je téléphonai à Fabrice Lemaire. Il se souvint de moi.

— Ah, le vase de Soissons !

Durant notre trajet, nous avions effectivement traversé l'Aisne et, lorsqu'il avait aperçu le panneau de la ville de Soissons, il m'avait prié de lui remémorer la fameuse anecdote historique. Tout d'abord réticent, je m'étais finalement pris au jeu, et m'étais lancé dans le récit de cet épisode avec force détails, ravi de pouvoir montrer l'étendue de mes connaissances à un auditeur admiratif. Pour l'occasion, j'avais affublé Clovis d'un accent mi-allemand, mi-bourguignon. Fabrice Lemaire avait été très impressionné. Grisé par l'effet que je produisais sur lui, je l'avais alors abreuvé de nombreuses autres anecdotes, cocasses et passionnantes, durant la suite du voyage. J'avais parlé fort, j'avais gesticulé. J'étais dans un tel état d'exaltation que j'aurais pu m'emparer du combiné téléphonique du contrôleur et faire résonner l'Histoire de France dans tous les haut-parleurs du wagon.

Je rappelai à Fabrice Lemaire sa proposition de collaboration qui, désormais, pouvait « éventuellement » m'intéresser. Il suggéra que nous en parlions ensemble de vive voix.

Trois jours plus tard, je grimpai les marches d'un immeuble bourgeois de l'avenue d'Iena. Fabrice m'accueillit, enjoué, et me fit une accolade. Son attitude me surprit sur le moment, mais, ayant appris à le connaître ensuite, je peux affirmer qu'elle n'était pas feinte : il était réellement heureux de me revoir. Fabrice a de nombreux défauts, mais s'il y en a bien un qu'il ne possède pas, c'est l'hypocrisie.

Au préalable, il tint à me faire visiter les lieux : une salle de réunion et trois bureaux. Dans le premier, un certain Hervé me tendit une main molle. Il était gris des chaussures aux cheveux. Fabrice me le présenta comme un « fidèle de la première heure », celui qui avait débuté avec lui cette « grande aventure ». Hervé acquiesça d'un air funeste. Il s'ensuivit un dialogue assez faux – qui avait probablement pour intention de me montrer le quotidien d'un cabinet de généalogistes successoraux – dans lequel Fabrice s'enquit de connaître l'avancée d'un dossier et Hervé lui répondit d'une voix morne. Cette mise en scène malhabile s'éternisa quelque peu puis Fabrice conclut, euphorique : « Super, Hervé. T'es au top ! »

Le second bureau était vide. Il avait appartenu à un certain Julien qui avait décidé, selon Fabrice, de « partir vers de nouveaux horizons ». Je compris qu'il deviendrait le mien si je venais à travailler ici.

Le troisième, plus spacieux, appartenait à Fabrice. Il s'installa à son bureau et m'invita à prendre place en face de lui, ce que je fis. Le fauteuil était confortable. Alors qu'il commençait à me poser des questions d'ordre général, je m'interrogeai sur la raison du départ de Julien. Avait-il trouvé une meilleure opportunité de travail ou s'était-il tout simplement enfui ? Son bureau pris en étau entre celui d'Hervé et Fabrice, Julien avait dû sans cesse naviguer avec deux vents contraires. En ouvrant une porte, il était aspiré par un courant lugubre qui devait l'affecter moralement le restant de la journée ; en poussant l'autre, il plongeait dans un puits de jovialité duquel il semblait difficile de ne pas sortir épuisé. Comment gérer au quotidien cette bipolarité permanente ?

— Alors ? Qu'est-ce qui t'amène ici ?

Bien évidemment, je mentis par omission :

— Bien... Je pense avoir fait le tour du métier de chercheur médiéviste. Je souhaiterais désormais mettre mes compétences au service d'un domaine plus ancré dans le quotidien et... je serais ravi de le faire au sein de ton cabinet.

La voix posée, comme s'il s'appliquait à me signifier qu'il ne me tendait pas de piège et que l'entretien se poursuivrait avec la même sérénité qu'il avait commencé, Fabrice me répondit :

— Marc, si je peux me permettre, tu dis que tu ne veux plus être chercheur, mais ce métier de généalogiste successoral réside dans l'idée même de chercher. Et de trouver. Non seulement c'est notre seule façon de nous rémunérer, mais, au-delà de ça, ce qui est en jeu, c'est la confiance que portent en nous les clients, en l'occurrence majoritairement les notaires. Nous sommes un petit cabinet et, sans cette confiance, il nous serait impossible de lutter contre les trois mastodontes qui trustent les deux tiers du marché.

Fabrice insista à plusieurs reprises sur le mot « confiance ». Je dissimulai mon malaise. Avait-il effectué au préalable une recherche me concernant sur Internet ? Le CNRS avait préféré ne pas porter l'affaire en justice et la régler en interne pour ne pas ternir son image, mais, sur la toile, mon nom était associé à ce scandale. Soit Fabrice était au courant et n'en avait cure (il lui importait seulement que mon casier judiciaire soit vide, ce qui était le cas) ; soit il souhaitait me donner une deuxième chance dans la vie.

— Je pense disposer des qualités requises pour exercer ce métier. Je suis rigoureux, tenace et patient. Cependant, je tiens à te préciser que, même si je possède des rudiments de droit, je ne suis pas juriste pour autant. J'aurais certainement besoin d'une formation express sur la juridiction en œuvre pour les héritages.

– Je me chargerai moi-même de cet apprentissage. Il n'y a pas des tonnes de choses à savoir. Cela ira vite. Mais, moi, ce qui m'intéresse surtout, Marc, ce sont tes compétences d'historien. Tu seras amené à éplucher des archives, parfois très anciennes, écrites à la main, et certaines histoires de familles sont intriquées à l'Histoire avec un grand H. Il est important de bien la connaître pour cerner "the big picture" comme disent les Américains.

– J'ai une formation en paléographie. Je suis rompu au déchiffrage des textes anciens, particulièrement ceux du Moyen-Âge.

– On ne remontera pas aussi loin ! Les recherches s'arrêtent aux parents du sixième degré. Heureusement parce que sinon on ne s'en sortirait pas. Tout le monde hériterait de tout le monde !

CHAPITRE 4

Une semaine plus tard, je trinquai au champagne dans un gobelet en plastique. Fabrice devait certainement posséder des flûtes quelque part, mais il avait, semble-t-il, préféré me faire passer un message : « Ici, c'est à la bonne franquette, pas de chichis ». Il avait souhaité me mettre à l'aise et il y était admirablement parvenu. Après des années d'errance, j'étais soulagé de me retrouver au sein d'un environnement bienveillant et je me hâtais de découvrir mon nouveau métier.

Je côtoyai deux excellents professeurs, chacun dans leur style. Fabrice générait chez ses interlocuteurs une empathie naturelle. J'observai sa manière de se comporter avec les clients et les héritiers. À son contact, outre les bases de cette profession, j'appris à mieux appréhender mon rapport aux autres. Je m'efforçai de l'imiter, de le singer presque, allant jusqu'à répéter certaines de ses blagues. Elles n'étaient pas drôles, il en était conscient, mais elles lui servaient à détendre l'atmosphère. Je dus ensuite me pourvoir de mes propres plaisanteries. Débutant, je jonglai avec seulement trois ou quatre traits d'humour devant, chose aggravante, les trois ou quatre mêmes personnes. Leurs sourires polis laissèrent rapidement la place à des regards gênés. Je m'en aperçus fort heureusement assez tôt (un notaire ne s'était montré ni fin ni discret dans sa raillerie) et je rectifiai le tir. Avec le temps et l'expérience, l'éventail de mes interlocuteurs et de mes blagues s'élargit et, progressivement, je gagnais en assurance.

Hervé, à défaut de m'enseigner la joie de vivre et l'optimisme, me détailla les techniques du métier de la façon la plus didactique possible. Son visage de cire ne laissait pas transparaître la moindre émotion, mais je pense qu'il était heureux de partager son savoir. Je fus un bon élève. Hervé me félicita à plusieurs reprises : j'apprenais vite et bien. Un jour, je crus même discerner la naissance d'un sourire dans un pli de ses lèvres.

Expertiser et déchiffrer des archives dans des salles obscures, tel un moine copiste, ne me dépaysait guère. Rompu à cet exercice dans mon ancienne vie, il ne me fallut que quelques semaines d'apprentissage pour me rendre parfaitement opérationnel. Assez vite, je devins bon, voire, au risque de paraître prétentieux, très bon dans ma nouvelle profession. Mes résultats se révélèrent très satisfaisants et Fabrice en fut ravi. Hervé, lui, le sembla beaucoup moins. Son attitude changea envers moi : il me considéra désormais comme un concurrent, et, déjà peu prolixe à mon égard, ne m'adressa plus la parole ou très peu. En retour, je l'imitai.

Cette guerre froide cessa au bout de quelques semaines. Fabrice s'entretint avec nous séparément afin de crever l'abcès puis, lors d'une réunion, nous mîmes ensemble les choses à plat. Les rivalités s'estompèrent et nous évoluâmes ensuite dans une atmosphère cordiale de travail. Fabrice mettait un point d'honneur à préserver ce climat bienveillant. Il se débrouillait toujours pour diviser équitablement les dossiers entre nous. Chacun avait son lot d'affaires intéressantes ou barbantes, faciles ou besogneuses. Personne ne pouvait se sentir lésé.

Le cabinet tournait bien. Je gagnai enfin un salaire décent et je pus quitter mon studio minable pour un appartement plus spacieux.

CHAPITRE 5

Fabrice se réjouissait pour moi.

– Séville ! C'est formidable ! Vous partez combien de temps ?

– Une semaine.

– C'est bien. Cela vous laissera le temps de découvrir la ville. Je n'y ai jamais mis les pieds, mais, à ce qu'il paraît, c'est magnifique.

Depuis le début, Fabrice me tutoyait. J'en conclus que, las de se heurter à mon mutisme concernant ma vie privée, il avait opté pour ce stratagème au lieu de me demander frontalement si j'étais en couple. Je ne le repris pas et le laissai dans son incertitude.

Fabrice se livrait énormément et, bien qu'il ne m'en ait jamais fait le reproche, je pense qu'il aurait souhaité que j'en fasse autant. Il parlait souvent de sa femme, Émilie, dont il était « follement amoureux » et de ses « deux beaux enfants », Noé et Paul, auxquels il tenait « comme à la prunelle de ses yeux ». Parfois, à leur évocation, je voyais ses yeux s'embuer.

J'aurais bien voulu lui fournir des informations concernant ma vie personnelle, mais la vérité, c'est que je n'avais rien à lui raconter. Depuis ma séparation avec Clémence, je traversais un désert sentimental dont je n'entrevoyais pas la fin. Les rares oasis que j'avais cru apercevoir sur le chemin s'étaient révélées des mirages.

Du plus loin que je me souvienne, je n'ai jamais été un garçon devant lequel les femmes nourrissent des fantasmes. Il me fallut toujours, pour les attirer, miser sur d'autres atouts.

Évoluant dans un milieu universitaire, je fis notamment montre de ma culture générale et de ma réussite. Cela porta maigrement ses fruits, car il manquait à mon jeu une carte maîtresse : l'humour. Je mis du temps à m'en apercevoir. Ou, plutôt, à me l'avouer. Une multitude de moments embarrassants furent nécessaires pour que je me range à cette évidence : je n'étais pas drôle. C'était un fait.

Durant mes études, je me persuadai que, à défaut d'humour, j'avais en réalité de l'« esprit » et que celui-ci nécessitait une forme supérieure d'intelligence pour être compris. Je disséminai alors dans les conversations des bons mots, que je pensais bien sentis, et je contemplai ensuite l'assistance avec un sourire satisfait. Malheureusement, je découvris avec amertume que certaines personnes saisissaient au premier degré mes traits d'humour et se fâchaient. Je crus donc bon d'éclater de rire après chaque plaisanterie afin de bien signifier que mes saillies n'étaient pas à prendre au sérieux. Un autre problème survint : mon rire grimpant dans les aigus et s'apparentant au sifflement d'une cafetière, mon auditoire m'observait avec le même embarras que s'ils assistaient, impuissants, à l'angoissant spectacle d'un homme en train de s'étouffer.

Clémence, elle, riait à mes blagues. Très certainement parce qu'elles n'étaient pas drôles, mais, au moins, elle riait. C'était une personne très gaie. Je considérai le fait d'être ensemble comme un petit miracle. Lorsqu'elle me quitta, je n'eus plus du tout envie de rire.

Les filles que je rencontrai par la suite me trouvèrent sinistre. Il n'y eut jamais de deuxième rendez-vous ; certains furent même abrégés au premier. Une prétendante, par exemple, prétexta se rendre aux toilettes pour s'enfuir par l'arrière-cour d'un café. Une autre me fit remarquer que ma tête était « plus triste que le journal de vingt heures ».

Clémence avait fait tout son possible pour m'empêcher de sombrer. Seulement, au bout de six mois, elle acquit la certitude qu'elle ne me serait d'aucun secours et qu'elle devait partir, sans quoi elle chavirerait à son tour. Il s'agissait d'un geste de survie. Elle n'avait fait que sauver sa peau. À l'époque, les synapses embrumées, je ne fus pas aussi clairvoyant.

J'aurais pu me montrer compréhensif et exprimer de la gratitude à son égard. J'avais préféré opter pour les cris, les larmes et le chantage au suicide. Mes mots avaient alors dépassé mes pensées : elle ne voulait plus de moi, car je ne brillais plus ; reconnu et respecté, elle me chérissait, frappé d'indignité et humilié, elle me fuyait !

Évidemment, tout cela était faux. Je m'en suis voulu et j'ai tenté à plusieurs reprises de m'excuser. Rien n'y a fait : elle avait décidé de rompre définitivement le lien avec moi.

Plus tard, je la croisai par hasard dans le hall de la gare de Lyon. Cela faisait trois ans que je ne l'avais pas vue. Elle s'apprêtait à monter dans un train pour Montpellier. J'eus le temps de lui annoncer avoir retrouvé un emploi et pensé avoir remonté la pente. Elle se dit heureuse pour moi. Son ventre était rond.

CHAPITRE 6

Vous sentez-vous heureux actuellement dans votre vie ?

Il avait fallu que je lise cette question sur un formulaire de la Médecine du Travail, une semaine avant le retour d'Arsène dans ma vie, pour que je me la pose réellement. Je demeurai hébété, le stylo levé, devant le document. Je séchai.

Depuis mon arrivée dans le cabinet de Fabrice, mes journées s'étaient écoulées sans penser à autre chose qu'aux dossiers en cours. Je m'étais contenté d'exercer mon métier le mieux possible sans questionner mes états d'âme. Les enquêtes n'étaient jamais les mêmes et certaines d'entre elles s'avéraient passionnantes. Je pouvais affirmer sans hésitation que j'étais satisfait de mon travail. Quant à savoir s'il me rendait heureux...

Lors de mon temps libre, je me promenais, j'allais de temps en temps au cinéma, je voyais quelques amis et je rendais visite à mes parents. Là encore, je ne réfléchissais pas à mon humeur. Je vivais ces moments en me sentant ni heureux ni malheureux. J'étais « neutre ».

Je laissai la question en suspens. Parmi les dizaines d'autres que comprenait le formulaire, assurément plus importantes (notamment à propos de mes antécédents médicaux), je considérai celle-ci comme négligeable et préageai que le médecin ne s'en apercevrait pas.

— Ah. Je vois que vous n'avez pas répondu à une question. Est-ce que vous vous sentez heureux en ce moment dans votre vie, Monsieur Langlois ?

Je fondis en larmes. Je tentai d'expliquer au praticien,

entre deux sanglots, ma théorie de la neutralité des sentiments, mais il ne sembla pas convaincu par ma démonstration. Il me donna le contact d'un confrère psychiatre. Il estimait que cela me ferait du bien de parler à quelqu'un, même de tout et de rien. Selon lui, j'avais certainement des choses à sortir.

Je le remerciai et je pris la carte de visite de son confrère. Je ne lui ai jamais téléphoné.

CHAPITRE 7

Ce n'est pas n'importe quel mercredi que les choses ont basculé pour moi. C'était le mercredi de la mort de Johnny Halliday.

Fabrice était bouleversé. Même s'il s'était préparé à une telle nouvelle, celle-ci le plongeait dans un profond chagrin. Je l'entendis, à travers la porte de son bureau, chanter en sanglotant des refrains célèbres de son idole.

Durant la pause déjeuner, il nous demanda, à Hervé et à moi, de lui dévoiler la chanson de Johnny que nous préférions. La sienne était « L'envie ». Pris au dépourvu, je lui répondis « Noir c'est noir » (cela devait correspondre à mon état d'esprit du moment). Le choix d'Hervé me surprit : « Que je t'aime ». Je remarquai un léger trouble dans son regard lorsqu'il nous annonça le titre de la chanson, comme s'il avait eu l'impression de s'être trop livré sur son intimité. J'avais déjà eu l'occasion d'apercevoir sa femme et dans mon esprit germaient désormais des représentations érotiques dont je me serais bien passé.

Vers quatorze heures, Fabrice fit irruption dans mon bureau, les yeux rougis. Maître Carrel, un notaire avec lequel nous avions l'habitude de travailler, venait d'appeler. Il désirait nous confier un nouveau dossier.

– Marc, je suis désolé, mais je ne me sens pas en état d'y aller. Est-ce que tu peux t'y rendre à ma place ? Ne t'inquiète pas, je récupérerai le dossier ensuite.

– Pas de problèmes. J'y vais de ce pas.

En chemin vers l'étude de Maître Carrel, j'écoutai un

concert de Johnny Halliday. Selon Fabrice, c'était « en live » que l'on pouvait prendre toute la mesure du talent du chanteur. Il avait raison. Je regrettais de ne pas m'être intéressé à cet artiste de son vivant. Cela devait tout de même être quelque chose de le voir sur scène.

CHAPITRE 8

Maître Carrel était en retard.

– Excusez-moi. Je reviens d'une séance de sport qui s'est quelque peu éternisée contre mon gré.

Je voyais difficilement comment une séance de sport pouvait s'éterniser contre le gré de quelqu'un ; j'en conclus donc qu'il était en galante compagnie. Probablement celle de Maître Chevalier, une jeune commissaire-priseuse avec laquelle nous avions effectué l'inventaire des biens de la succession Coutheron une semaine plus tôt. Il lui avait fait ostensiblement la cour et elle ne s'était pas montrée insensible à son charme. Moi, j'avais eu envie de hurler. D'ailleurs, isolé dans une pièce de la vaste demeure, j'avais hurlé. Lorsque Maître Carrel et Maître Chevalier s'étaient précipités vers moi, alertés et inquiets, j'avais prétexté m'être pris les pieds dans un carton.

J'avais trouvé inconcevable que l'on puisse se comporter de la sorte dans le cadre du travail. J'avais encore moins compris qu'une jeune femme sensée et fine d'esprit, comme l'était Maître Chevalier, puisse tomber dans un tel panneau. Cet homme était incontestablement un séducteur compulsif et une seule chose l'intéressait : coucher avec elle. Maître Chevalier ne pouvait pas espérer davantage. Pourtant, étonnamment, cela n'avait pas semblé la déranger plus que cela de pouvoir figurer dans son tableau de chasse. Au contraire même. Cela m'avait révolté.

Certes, en contemplant ses yeux de biche, sa longue chevelure dévalant sur ses épaules et ses lèvres pourpres, j'avais eu envie de la même chose que Maître Carrel ;

seulement, avec moi, il en aurait été bien autrement. Nous aurions auparavant fait mieux connaissance, échangé à propos de nos goûts respectifs; par exemple nos destinations de vacances préférées. Je l'avais notamment entendu dire, au détour d'une conversation, qu'elle adorait Florence. Moi aussi, j'adorais Florence. Nous aurions alors pu nous remémorer avec émotion le Palazzo Vecchio, le Duomo, la Basilica di Santa Maria Novella ou bien deviser sur les chefs d'œuvres picturaux de la Galerie des Offices. Au lieu de cela, Maître Chevalier s'était fait démonter entre midi et deux par un bellâtre... Je trouvais cela triste. Triste pour elle et triste pour moi.

Maître Carrel me fit entrer dans son bureau et m'invita à m'asseoir. Il ouvrit un dossier.

– Alors... Ce testament olographe m'a été confié par Madame Sanchez, la concierge du défunt. Il faisait partie des effets personnels que l'Hôpital de la Pitié-Salpêtrière lui a remis après le décès du testateur à l'âge de 72 ans des suites d'un cancer. À première vue, celui-ci ne semble pas avoir d'héritiers réservataires : pas d'enfant déclaré et sa femme est décédée en 2012. Bien entendu, tout cela est à revérifier quand même. Dans le testament, il est écrit – je cite – : "Je soussigné Arsène Brisson, né le 28 novembre 1947 à Paris et domicilié au 38 rue Tolbiac 75013 Paris, désigne comme légataire universel de la totalité de mes biens Monsieur Nicolas Martin, né le 7 mai 1978 et domicilié au 18 rue Frédéric Mistral à Arles, issu d'une relation extraconjugale avec Madame Marie Martin. Fait le 15 mars 2019, à Paris". Voilà. Bon, forcément, c'est toujours le problème avec ces satanés testaments olographes : les gens les rédigent n'importe comment... Mais bon, au moins celui-ci possède tous les éléments pour être recevable, même si, comme vous l'avait remarqué, il manque quelques précisions qui auraient pu nous être bien utiles... Enfin, bref. J'ai envoyé deux courriers en recommandé à l'adresse de ce Nicolas Martin à Arles et ils sont restés sans réponses. J'ai également débusqué un numéro de téléphone, mais il sonne aux abonnés absents. Voilà. Maintenant, c'est à vous de jouer. Bon courage !

J'avais écouté Maître Carrel dans un état second.

Arsène Brisson...

La nouvelle de sa mort, trois mois auparavant, m'avait bien évidemment bouleversé. Pour autant, je n'avais pas tenu à assister à ses funérailles. Je ne souhaitais pas me mêler à un cortège qui, jadis, m'avait conspué. Quelques jours plus tard, j'avais tout de même éprouvé le besoin de me recueillir devant sa sépulture. J'avais déambulé durant deux heures dans le cimetière du Montparnasse, explorant les allées, scrutant les pierres tombales, sans parvenir à la trouver. J'étais rentré chez moi, désemparé.

CHAPITRE 9

Fabrice était de mauvaise humeur. À cause des atermoiements d'un client, il avait pris énormément de retard sur un dossier urgent et avait dû repousser un rendez-vous au lendemain. Excédé, il jeta une gomme à travers la pièce. Elle vint heurter une statue en plâtre du Capitaine Haddock et la brisa. Fabrice poussa un hurlement. Il tenait énormément à cette figurine. Elle nourrissait les conversations avec les visiteurs et détendait l'atmosphère. J'étais désolé pour lui. Je me fis alors la réflexion que – si jamais la statue coûtait moins de cent euros – ce serait une excellente idée de cadeau pour son prochain anniversaire. Cette petite attention lui ferait assurément plaisir. De plus, Hervé pouvait partager cette dépense avec moi si je le lui demandais.

— Bon... Qu'est-ce qu'il en est par rapport au dossier de Maître Carrel ?

Ce dossier, c'était le mien. Je devais m'en occuper personnellement. Il ne pouvait en être autrement. Je profitai alors de l'état d'abattement de Fabrice pour lui imposer le compte-rendu le plus embrouillé et soporifique possible. Je le vis décliner au fur et à mesure, pâlir d'ennui et, lorsque je le sentis mûr, je lui proposai, en libérateur, de prendre en charge le dossier. Il reprit immédiatement des couleurs et accepta.

Je fus soulagé. Arsène Brisson avait été une des personnes les plus importantes de mon existence – si ce n'est la plus importante – et je n'aurais pas supporté que quelqu'un d'autre s'occupe de sa succession. Si Fabrice avait refusé, je lui aurais certainement tout avoué et l'aurais supplié de me céder le dossier.

J'étais croyant sans être mystique et, pourtant, je ne pouvais voir dans cet évènement autre chose que l'œuvre du karma. Ce n'était pas une coïncidence si je m'étais rendu chez Maître Carrel à la place de Fabrice. Ce n'était pas non plus un hasard si ce dossier m'était arrivé entre les mains. « Quelque chose » nous avait à nouveau réuni Arsène et moi. Le destin m'avait confié une mission. Je devais la remplir, retrouver son fils.

Le soir, en rentrant chez moi, je cherchai sur internet le prix de la figurine du Capitaine Haddock. Elle coûtait 479 euros. Je réfléchis et considérai finalement que l'offrir à Fabrice était une mauvaise idée : le connaissant, il se sentirait gêné. Il valait mieux ne pas le mettre inutilement dans l'embarras.

CHAPITRE 10

Le lendemain, je me rendis aux archives départementales afin de consulter les registres d'état civil. Je devais, en premier lieu, m'assurer qu'Arsène ne possédait pas d'héritiers réservataires comme le présageait Maître Carrel.

Le bureau auquel je m'installais habituellement était libre. Ce petit îlot plongé dans une semi-pénombre me plaisait. Il arrivait de temps en temps qu'il soit occupé par quelqu'un d'autre et cela m'irritait fortement. Une fois, n'y tenant plus, je m'étais permis de demander à un « squatteur » de me laisser sa place. Il avait obtempéré en me jetant un regard confus, comme s'il avait garé son véhicule sur un emplacement réservé aux handicapés. J'avais été heureux de retrouver mon bureau, mais je m'étais senti ridicule. Cet homme avait dû me prendre pour un maniaque. Je ne pouvais m'offrir le luxe d'une mauvaise réputation dans ma nouvelle vie alors je m'abstins par la suite de renouveler ce genre de comportement insensé.

Je déposai mes affaires sur le bureau afin de signifier aux autres qu'il était désormais mien et fis ma requête de documents auprès d'Anne-Charlotte, l'archiviste.

Étrangement, depuis un mois, une gêne s'était installée entre nous. Auparavant, nos échanges étaient cordiaux et teintés d'une certaine connivence. Il nous arrivait de plaisanter ensemble et, parfois, d'entretenir des conversations d'ordre privé. Je savais, par exemple, qu'Anne-Charlotte était originaire de Saint-Germain-en-Laye, qu'elle aimait ramasser des champignons, faire des randonnées et aller au théâtre.

Les choses basculèrent avec ce rêve, lors d'une nuit fiévreuse, dans lequel je me vis la chevaucher bestialement dans une grange. Dès lors, son comportement à mon égard changea. Je la trouvais fuyante. Elle évitait mon regard, me répondait de manière évasive, par monosyllabes. D'où provenait ce malaise? Était-il possible qu'elle ait fait le même rêve que moi, au même moment? Une communion de nos âmes, à défaut de celle de nos chairs, s'était-elle produite? Sinon, comment expliquer ce changement d'attitude? Peut-être n'avait-elle pas apprécié cette nuit passée avec moi? Peut-être n'avais-je pas été à la hauteur? Elle ne m'avait pourtant pas donné cette impression... De mon côté, si je devais me remémorer ce que mon double chimérique éprouvait, il me semblait avoir vécu plutôt un bon moment, voire un très bon moment. Et, si je me souvenais bien, c'était elle qui avait insisté pour qu'on aille dans cette grange afin que « personne ne nous voie ».

Anne-Charlotte m'apporta les dossiers. Je la remerciai timidement. Elle me tournait déjà le dos.

Je commençai à construire l'arbre généalogique d'Arsène. Je devais vérifier, par rigueur professionnelle, s'il avait eu des enfants avec Jacqueline (1946-2012) même si je considérais cette éventualité peu probable. En effet, Françoise Barthélemy, une secrétaire de direction au CNRS, également amie proche d'Arsène, m'avait confié un jour que Jacqueline était stérile. Selon ses dires, elle souffrait d'une anomalie morphologique au niveau des trompes de Fallope qui l'empêchait d'enfanter. Françoise était entrée au CNRS en même temps qu'Arsène, au milieu des années soixante-dix. Elle le connaissait mieux que personne et n'aurait eu aucune raison d'affabuler. D'ailleurs, semblant regretter cette indiscrétion, elle avait immédiatement changé de sujet.

J'avais eu l'occasion de rencontrer la femme d'Arsène, Jacqueline, à plusieurs reprises. Elle venait assister, fidèle, à tous les colloques de son mari, toujours assise au premier rang. À la fin de ses interventions, Arsène n'était jamais satisfait. Il avait sans cesse le sentiment de ne pas avoir été assez clair ou d'avoir survolé un sujet qui lui tenait à cœur. Jacqueline le rassurait alors et le visage d'Arsène s'éclairait. Il dut ressentir un chagrin immense à la perte de son épouse.

En épluchant l'état civil, j'acquis désormais la certitude que le couple n'avait pas eu de descendance et, donc, d'héritier réservataire. L'intégralité de la succession d'Arsène allait donc revenir à Nicolas Martin. J'aurais pu m'arrêter ici dans mes recherches, mais la curiosité me poussa à poursuivre la construction de l'arbre généalogique. Arsène ne m'avait jamais parlé de sa famille, ou si vaguement que je ne m'en rappelai plus.

Je traçai alors une nouvelle ramification, cette fois-ci dirigée vers le haut de ma feuille, et j'inscrivis le nom des parents d'Arsène, Maurice et Sabine Brisson. Maurice (1912-1988) n'avait pas de fratrie. Sabine (1915-1991), elle, avait une sœur. Celle-ci entra dans les ordres et décéda dans un couvent sans laisser de descendance. Maurice et Sabine eurent trois garçons : Gilbert, né en 1944 ; Pierre, né en 1946 ; et Arsène, né en 1947. Gilbert décéda en 1952, à l'âge de 8 ans. Pierre, lui, se maria en 1973 avec Philippine Cruz (1945-2018) et eut un fils, Denis, en 1975. Pierre décéda à son tour en 1979. On mourrait jeune dans cette famille. Arsène faisait figure de vétéran.

Je décidai de ne pas approfondir ces recherches. Nicolas Martin était ma priorité. Arsène l'avait désigné comme légataire universel sans pour autant avoir effectué les démarches nécessaires pour reconnaître officiellement la filiation. Jacqueline en vie, il était compréhensible qu'il ne se soit pas attelé à cette formalité, mais, une fois celle-ci décédée, il aurait pu l'entreprendre. Quelle était donc la nature de sa relation avec Nicolas Martin ? Étaient-ils en contact ? S'étaient-ils déjà rencontrés ? À la fin de sa vie, Arsène avait-il décidé de reconnaître, d'une certaine façon, cet enfant en lui offrant son héritage ?

Je m'apercevais que l'homme que j'avais côtoyé et admiré durant quinze années de mon existence m'était en réalité inconnu. Je n'avais perçu que la facette qu'il avait bien voulu me présenter, celle d'un Arsène raisonné, mesuré, ne se laissant jamais déborder par ses sentiments. Le feu avait-il pris possession de lui durant une période de sa vie ? S'était-il laissé dévorer par la passion ? L'avait-elle laissé exsangue au point de le transformer ensuite en figure monacale ? Je devais lever ces interrogations.

Je rapportai à Anne-Charlotte les documents que je lui avais empruntés. Elle me remercia du bout des lèvres, le visage fermé. Cette fois-ci, je souhaitais crever l'abcès, comprendre la raison pour laquelle elle me battait froid.

– Je me mêle certainement de ce qui ne me regarde pas, mais je vous trouve une petite mine depuis quelque temps.

Anne-Charlotte rougit et me confia traverser une période difficile (des problèmes familiaux sur lesquels elle ne s'étendit pas). Elle me remercia de m'être inquiété pour elle et me sourit.

Cela n'avait donc rien à voir avec ce qui s'était passé dans la grange !

CHAPITRE 11

Marie Martin : Lieu et date de naissance inconnus. Adresse de résidence non renseignée.

Nicolas Martin : né le 7 mai 1978 dans un lieu inconnu. Domicilié au 18 rue Frédéric Mistral 13004 Arles.

Ces maigres informations constituaient le point de départ de ma recherche. Premier écueil : Martin est le nom de famille le plus fréquent en France. Le nombre de détenteurs de ce patronyme oscille entre deux cent mille et trois cent mille. Deuxième écueil : Nicolas était le deuxième prénom le plus attribué en 1978 derrière Sébastien. Celui de Marie fut détrôné par Brigitte en 1959 au rang national, mais continua de caracoler en tête de certaines régions jusqu'à la fin des années quatre-vingt-dix.

Je ressassai ces différents éléments au pied d'un immeuble cossu du XVIe arrondissement. J'avais rendez-vous avec Maître Carrel et Maître Chevalier pour assurer le suivi d'un précédent dossier, celui de feu Madame Stockinger. Ses héritiers retrouvés, nous devions désormais effectuer un inventaire de ses biens.

J'étais de mauvaise humeur. Chaque minute qui s'écoulait à devoir attendre ces retardataires était retranchée de mon temps de travail sur le dossier d'Arsène. Je devais de surcroît supporter les crachats incessants de quatre glandeurs adossés à leurs scooters. Cela me révulsait. Je trépignais d'envie de leur signifier leur attitude répugnante et de les forcer à nettoyer leurs immondices, mais, ne souhaitant pas me faire passer à tabac – ce n'était pas le moment –, je choisis de regarder ailleurs et de prendre mon mal en patience.

Maître Carrel et Maître Chevalier arrivèrent enfin.

– Excusez-nous. Un petit contretemps…

– Ce n'est pas grave. Allons-y. Après vous.

Je n'avais pas besoin de plus d'explications sur la nature de leur retard, la réponse se lisait sur leurs figures épanouies…

Maître Chevalier avait changé de coiffure. Elle portait désormais une frange et une coupe de cheveux au carré. Cela mettait en valeur son visage délicat et la rendait encore plus belle.

Maître Carrel s'adressa aux glandeurs :

– Non, mais vous êtes dégueulasses de cracher comme ça ! Achetez-vous un bavoir, les gars, si vous n'êtes pas capable de vous retenir !

Maître Chevalier lui lança un regard d'admiration.

Les glandeurs s'excusèrent platement.

Je serrai les dents.

Dans l'appartement, je talonnais Maître Carrel et Maître Chevalier avec un sentiment d'extrême lassitude. Dépourvu d'énergie, je marmonnais évasivement des observations et prenais des notes avec nonchalance. Ils finirent par le remarquer. Maître Carrel me signala que j'avais « l'air ailleurs ». Je me repris alors. Je pensai à Fabrice. Je représentais son cabinet et mon comportement devait être à l'image de la confiance qu'il m'avait offerte : irréprochable.

Maître Chevalier passait en revue des tableaux et examinait chaque objet de décoration. Elle fut notamment très impressionnée par un vase en porcelaine de la dynastie Qing. Une mise à prix aux enchères pouvait débuter, selon elle, à 20 000 euros. L'appartement recelait de nombreux chefs d'œuvres dont je feignais de m'enthousiasmer.

Mon intérêt se portait en réalité sur le cou de

la commissaire-priseuse. Sa longue chevelure ne le dissimulait plus. J'avais désormais tout le loisir de l'admirer. Il était long et fin et harmonisait merveilleusement son allure gracile. J'ai toujours prêté attention aux cous des gens et j'ai développé à cet égard une réelle méfiance à l'égard de ceux qui n'en ont pas. Moi-même, je n'en possède pas et je le déplore. Je me trouve tassé, comme une bouteille en plastique recyclable que l'on aurait nerveusement comprimée. En classe, mes camarades me surnommaient – car, en plus, j'ai les yeux en amande – « le Péruvien ».

CHAPITRE 12

Je n'avais jamais mis les pieds chez Arsène. Au fil des années, nous étions pourtant devenus proches. Il nous arrivait de nous voir en dehors du travail, ensemble ou en groupe, pour dîner au restaurant ou visiter des expositions.

Arsène n'était jamais venu chez moi non plus. Cela n'aurait pas dérangé Clémence ; au contraire, elle l'appréciait énormément. Elle m'avait d'ailleurs plusieurs fois exhorté à « mettre mon orgueil de côté » et à m'excuser auprès de lui. Ces paroles m'avaient fait sortir de mes gonds.

– Et voilà ! Comme si j'avais besoin d'entendre ça sous mon propre toit ! T'es comme les autres ! Tu hurles avec les loups !

À cette période, je commençais à réaliser que tout ce que j'avais bâti méthodiquement durant toutes ces années – mon aura, ma respectabilité, ma notoriété naissante – allait brutalement être balayé. J'allais désormais devenir Marc Langlois le truqueur, le falsificateur, l'escroc. Et cela me rendait malade.

– Et, soit dit en passant, qu'est-ce qu'il a dit, Arsène, lors du conseil de discipline ? Hein ? "J'assume l'entière responsabilité de cette forgerie". Voilà ce qu'il a dit. Je ne l'ai pas poussé à porter le chapeau ! C'était sa décision seule !

Arsène avait également déclaré que, étant mon supérieur hiérarchique, il aurait dû contrôler mon travail et avait failli à sa tâche. Il s'était ensuite sabordé en ne s'estimant plus compétent pour remplir ses missions au sein du CNRS. Il s'agissait ni plus ni moins d'un sacrifice. À l'époque, je ne voulais pas le voir. Je m'étais bâti une forteresse de justifications pour ne pas suffoquer de honte. Elle se lézarda au fil du temps.

Je levai les yeux. C'était donc dans cet immeuble en béton armé grisâtre de la rue de Tolbiac que cet amoureux des belles pierres avait résidé durant quarante ans.

À ce stade de l'enquête, je ne pouvais pas accéder à l'appartement d'Arsène : Nicolas Martin ne m'avait pas désigné mandataire de sa succession. Je devais donc appliquer d'autres méthodes pour rassembler des indices.

Madame Sanchez, la concierge qui avait apporté le testament olographe chez le notaire, était une première piste à suivre.

– J'ai hérité de Monsieur Brisson ?

– Il faut d'abord que je vous pose quelques questions. Ensuite, je vous répondrai.

– Parce que ça s'est déjà vu des concierges qui héritent de résidents.

– Tout à fait.

– Y'en a même qui ont eu des immeubles, hein. Ça s'est vu aussi.

– Oui. Est-ce que vous pourriez me décrire un petit peu la personnalité de Monsieur Brisson ? Comment l'avez-vous perçu ? Cette dernière année notamment...

Un homme au dos courbé, marchant à pas serrés, pouvant demeurer muet plusieurs semaines comme lui tenir la jambe durant des heures, c'était le souvenir qu'elle conservait d'Arsène. Il lui parlait de tout et de rien, s'intéressait à la vie de l'immeuble et abordait parfois avec elle des sujets de société. Le dernier qu'elle se remémorait – peu avant son décès – portait sur l'adoption par les couples homosexuels. Elle y était farouchement opposée, car cela n'allait pas, selon elle, « dans l'ordre des choses et de la

Nature ». Arsène, lui, ne s'était montré « ni défavorable ni favorable ». Il lui avait déclaré que ce qui importait, c'était l'amour, c'était le fait « d'aimer et de se sentir aimé ».

Je demandai à Madame Sanchez si, lors de l'une de ses conversations avec lui, Arsène avait mentionné l'existence d'un fils. Elle fut stupéfaite de cette question et, très vite, sollicita des indiscrétions.

J'étais coutumier de ce type de situation. Elles se déroulaient sempiternellement de la même manière. Dans un premier temps, je refusais, arguant le secret professionnel ; la concierge, fatalement, se fermait ; je lui offrais alors le ragot tant convoité et elle s'épanchait de nouveau. Madame Sanchez ne fut pas une exception à la règle.

– Maintenant que vous me parlez de son fils... Effectivement, Monsieur Brisson me posait beaucoup de questions sur mes enfants et... Il était au courant qu'on avait des problèmes avec le plus grand, Anthony. À un moment, le gamin, il n'a plus voulu nous voir, il a fugué... Alors, nous, avec mon mari, on était bien embêté, on était triste et Monsieur Brisson, il prenait des nouvelles souvent. Mais pas par politesse, hein. On sentait que... qu'il était triste aussi. Ça se voyait sur son visage. Et, quand on s'est réconcilié avec Anthony, il était content pour nous. Et, justement, il m'a demandé comment on avait fait pour se réconcilier avec lui, comment ça s'était passé... Je comprends mieux pourquoi il était là, avec toutes ces questions alors... C'est que ça devait peut-être lui trotter dans la tête avec son fils qu'il ne voyait pas...

– Merci beaucoup, Madame Sanchez, pour vos informations. Vous pouvez désormais me poser la question que vous souhaitiez me poser tout à l'heure.

– Ah ouais. J'ai hérité alors ?

– Non.

CHAPITRE 13

En sortant de l'immeuble, je décidai de passer par le jardin des plantes. Arsène adorait s'y promener. Au début, je pensais qu'il s'intéressait à la botanique et avait la main verte, mais, très vite, je me rendis compte qu'il n'y connaissait pas grand-chose. Comme tout le monde, il savait distinguer les roses des bleuets et les tulipes des chrysanthèmes, mais cela n'allait guère plus loin.

– Je me sens tellement bien dans ce lieu. Dès que je franchis la grille, j'ai l'impression de flotter.

– De flotter ?

– Oui. De flotter. Je ne peux pas t'expliquer pourquoi. Mais, voilà, je flotte. C'est un fait.

Le jardin des plantes était son « deuxième bureau ». Arsène s'y baladait souvent seul, en voisin, pour réfléchir à ses travaux en cours ou à la marche du monde. Il attardait son regard tendre sur les flâneurs, les amoureux fébriles et les enfants enjoués, et saluait d'un signe de tête amical les habitués qui, comme lui, venaient se ressourcer. De temps en temps, il lui arrivait de se pencher au-dessus d'une fleur colorée, de lire son nom en latin et de s'en imprégner en fermant les yeux, comme s'il humait le parfum du mot.

– Paeonia lactiflora... Matthiola longipetala... Centaurea cyanus...

Au CNRS, lorsqu'il sentait notre groupe de travail achopper sur une tâche et naître des frictions, il se levait et s'exclamait :

– Allez, hop : on va au jardin des plantes !

Et, heureux et excités comme des écoliers durant une sortie de classe, nous le suivions. Ces moments étaient rares. Les rivalités et les dissensions s'envolaient le temps de cette parenthèse joyeuse.

Arsène nous laissait quartier libre durant quarante-cinq minutes. Nous en profitions alors pour déambuler dans les allées, les serres, ou la ménagerie, puis, le temps écoulé, nous nous retrouvions autour d'un arbre, toujours le même, pour nous remettre au travail. Arsène, tel Saint-Louis sous son chêne, distribuait la parole, dans une ambiance apaisée, et nous finissions par résoudre nos problèmes.

C'est également au jardin des plantes qu'Arsène, avant mon entrée au CNRS, m'avait sorti d'une noyade assurée : la rédaction de ma thèse (« Une gestion de la notabilité au sein des seigneurs méridionaux entre les XIIes et XIIIes siècles à travers l'étude du cartulaire des Trencavel »).

À deux mois de ma soutenance, mon directeur de thèse avait trouvé judicieux de proposer à une personne dont je ne connaissais absolument pas les travaux de devenir membre du jury. Je me trouvais alors dans la dernière ligne droite et mon esprit était pleinement accaparé par l'ampleur de la tâche qu'il me restait à faire : finaliser la bibliographie, l'iconographie, la mise en page, les annexes, les notes, etc. Il me semblait strictement impossible de me pencher sur le travail de ce membre du jury, de l'assimiler et de l'incorporer judicieusement en si peu de temps. J'avais alors paniqué. Je ne me sentais plus capable de rien.

Un jour, alors que nous déjeunions dans un restaurant japonais rue Monsieur le Prince, Arsène, après un silence, m'avait intimé :

– Marc... En toute sincérité, où en es-tu dans ta thèse ? Je vois que ça ne va pas. Tu as beau me dire “ça va, ça avance...”, ton visage me dit l'inverse. Les choses ne se passent visiblement pas comme tu le souhaites. Je suis là pour t'aider. Tu peux compter sur moi.

Je m'étais alors effondré et lui avais avoué la vérité.

– Je suis dans la mouise, Arsène. Si je dois lire tous les travaux de ce mec-là, jamais je ne pourrais terminer correctement ma thèse. Le seul truc que je peux faire, c'est placer des références à quelques endroits en notes de bas de page, mais c'est tout…

– Non, ça va se voir, et, pour connaître un peu l'animal, il va te saquer à la soutenance s'il a l'impression que tu as fait de l'esbroufe. Ça ne passera pas. Tu ne peux pas faire l'impasse sur ses travaux.

– Mais comment je vais faire ? Je dors déjà seulement quatre heures par nuit. Il me faudrait des journées de 48 h pour y arriver. Je rends la thèse dans quinze jours. C'est sûr que je vais dans le mur !

Arsène avait alors pris les choses en main. C'était sa semaine de vacances et il avait souhaité la consacrer pleinement à l'achèvement de ma thèse. Pour joindre l'utile à l'agréable, nous nous étions retrouvés chaque jour au jardin des plantes. Arsène m'avait résumé les travaux de ce membre de jury et montré comment je pouvais m'en servir comme outil théorique ou pour appuyer certains éléments. Mais, surtout, il m'avait redonné confiance en moi. J'étais prêt à sombrer et Arsène m'avait relevé.

– Merci, Arsène. Je n'y serai jamais arrivé sans vous.

– Mais, tout était là, Marc. Le travail, c'est toi qui l'as fait. Cette thèse, c'est ta thèse, et ce sera ta réussite. Tu as juste eu, à un moment donné, un moment de panique. C'est tout. Tu n'es pas le premier à qui ça arrive et tu ne seras pas le dernier. Ce n'est pas grave. C'est comme ça.

Sans Arsène, le jardin des plantes n'avait plus le même charme. Sa longue silhouette manquait au décor.

Au détour d'une allée, je me penchai au-dessus d'une marguerite.

– Leucanthemum maximum...

CHAPITRE 14

J'annonçai à Fabrice devoir faire un aller-retour à Arles. N'étant pas parvenu à joindre Nicolas Martin (le numéro que m'avait transmis Maître Carrel sonnait effectivement aux abonnés absents), je m'étais résolu à me rendre directement à son domicile.

Aller à la rencontre d'un héritier est toujours un moment particulier. On hérite de sommes d'argent et de biens, certes, mais on hérite aussi d'une histoire. Pour certains, ces révélations s'apparentent à des miracles inespérés et résolvent bien des situations. Pour d'autres, elles sont de véritables déflagrations et pulvérisent les fondations d'une vie. Nous sommes porteurs de joies, mais aussi de souffrances. Comment Nicolas Martin allait-il réagir ?

Dans le train, je fus pris d'une crise d'angoisse. Mon souffle était court. Je parvenais difficilement à respirer. Un poids m'oppressait les poumons. Je tentai alors de ralentir mon rythme cardiaque en prenant de longues inspirations. En vain. Je sentis une chaleur se diffuser le long de mon corps. Des gouttes de sueur perlaient sur mon front.

Je me dirigeai vers les toilettes pour me passer de l'eau sur le visage. Elles étaient occupées. Je crus percevoir, provenant de l'intérieur, des gémissements. Ce que je pris, dans un premier temps, pour des ébats amoureux s'avéra être, en prêtant davantage l'oreille, des vomissements. Je n'avais pas besoin de cela. Je me dirigeai alors vers le wagon-bar et demandai à l'hôtesse un verre d'eau. Elle s'inquiéta de mon état. Une passagère à proximité me trouva également fort pâle. Un jeune couple fut du même avis. Très vite, on m'entoura et on exigea de moi – malgré mes protestations – que je m'assoie et que je parle. Je ne peux l'affirmer tout à fait, mais il me semble avoir été giflé.

La voix distordue de l'hôtesse résonna ensuite à travers les haut-parleurs pour solliciter de l'aide en urgence. À nouveau, je protestai, estimant aller beaucoup mieux, et tentai de me débattre lorsque des médecins surgirent. J'en dénombrai douze, arrivés par paquets de trois ou quatre (manifestement, les médecins prennent beaucoup le train). Constatant que leurs collègues étaient déjà présents, la majorité fit demi-tour. Seuls deux médecins restèrent. Je devins, pour une raison que j'eus du mal à saisir, un sujet de querelle entre eux. Leurs diagnostics différaient et chacun campait sur ses positions. Il y eut alors des éclats de voix – il me semble avoir entendu l'un insulter l'autre de « connard » – et je ne sais plus lequel donna le premier coup, mais une rixe éclata. Des voyageurs tentèrent de les séparer. D'autres virent là une bonne occasion de se battre. Je profitai de cette agitation pour rejoindre mon compartiment en catimini.

J'allais mieux. J'observai le paysage défiler à travers la fenêtre. Il y avait des champs, des vaches et des éoliennes. Je trouvais cela beau.

CHAPITRE 15

Après avoir englouti une quiche lorraine et une crème brûlée dans une brasserie jouxtant la gare, je partis en quête d'un hôtel. Je n'avais jamais mis les pieds à Arles et je souhaitais bien en profiter. Une fois les formalités auprès de Nicolas Martin acquittées, je prévoyais de visiter la ville et de rentrer le lendemain matin à Paris.

Le serveur m'indiqua un hôtel « parfait pour les gens qui sont seuls ». Je ne comprenais pas très bien ce qu'il insinuait par cette précision, mais je décidai de me fier à sa recommandation et d'y réserver une chambre.

Prendre un taxi fut une très mauvaise idée. Le centre-ville d'Arles est un labyrinthe de rues étroites dans lesquelles il est difficile de circuler avec un véhicule. Les piétons semblaient se déplacer plus vite que nous. Plusieurs fois, j'hésitai à demander au chauffeur de me laisser poursuivre à pied, mais, après l'avoir vu vociférer contre un automobiliste qui l'avait contrarié, je me tus de crainte de subir le même sort.

Le taxi s'immobilisa enfin devant un chantier en construction.

— Voilà.

— Voilà quoi ?

— On est arrivés.

— Attendez euh… L'adresse est au 18 rue Frédéric Mistral.

— Bah, c'est là. Avant, y'a le 14, le 16, et après y'a le 20. Le 18, c'est là.

— Mais il n'y a rien.

— Il y a un chantier.

Je sortis mon smartphone. Sur la carte virtuelle de mon GPS, une bâtisse se dressait à cet emplacement. Elle avait manifestement été rasée entre temps.

Je me suis maudit. J'étais parti à Arles sans prendre le temps de constituer au préalable un dossier solide. Désormais, je devais me débrouiller sur place pour retrouver la trace de Nicolas Martin. Cette situation ne m'effrayait pas – j'y avais déjà été confronté –, mais je m'en voulais terriblement de ma précipitation. Sous le coup de l'émotion, j'avais manqué de rigueur. Ce n'était pas professionnel.

Une dizaine d'ouvriers s'affairaient sur le chantier. Ils s'exprimaient très mal en français ou faisaient exprès de mal le parler. Visiblement, ils se méfiaient de moi. Songeant qu'ils pouvaient être des travailleurs illégaux, je crus bon de spécifier que je n'étais pas mandaté par l'URSSAF. Erreur. À peine avais-je prononcé ce mot que je les vis décamper et tenter de s'échapper du chantier par tous les moyens possibles. Je me lançai à leur poursuite afin de les rassurer, mais cela ne fit qu'amplifier leur frayeur. Pris de vertiges sur un échafaudage, je décidai de les laisser fuir.

Le numéro de téléphone du maître d'œuvre était indiqué sur une pancarte. Je le contactai et obtins de maigres renseignements. Il me confirma que le bâtiment avait été rasé six mois auparavant pour construire un logement social, mais se montra dans l'incapacité de me fournir le contact de l'ancien propriétaire.

CHAPITRE 16

Les bars de quartier ressemblent toujours à des bars de quartier, les gérants à des gérants et les habitués à des habitués.

– Qu'est-ce que je vous sers ?

Il est préférable de consommer dans un débit de boisson lorsque l'on désire demander un renseignement. Le tenancier est davantage disposé à vous aider et la clientèle peut participer à la conversation. Elle est composée souvent de marginaux qui, habituellement laissés pour compte, sont ravis de se sentir utiles. Je commandai un verre de Chardonnay.

– Je m'appelle Marc Langlois, je suis généalogiste successoral et je suis mandaté par un notaire pour retrouver l'ancien propriétaire ou locataire de la maison qui a été détruite au numéro 18. Je me suis laissé dire que vous pourriez me renseigner.

– Mickey ? Vous parlez de Mickey ?

– Je ne sais pas s'il a un surnom. Peut-être. La personne que je recherche s'appelle Nicolas Martin.

– Moi, j'le connais comme Mickey, c'est tout. Un mec, la petite quarantaine, les cheveux longs, un peu déglingue, c'est ça ?

– Je ne peux pas vous dire. Je ne sais pas à quoi il ressemble physiquement. L'âge correspond en tout cas à la personne que je recherche.

– Ça fait un bon bout de temps qu'on n'l'a pas vu, celui-là.

Je me tournai vers deux piliers de bar qui semblaient

faire corps avec le comptoir. Ils me brossèrent un portrait peu reluisant de Mickey : il était « cradingue », « défoncé H-24 » et « complètement à l'ouest ». L'un d'eux se remémora l'avoir souvent aperçu se promener avec une guitare en bandoulière.

Le gérant interpella quatre joueurs de baby-foot.

— Hé, les gamins, vous savez ce qu'il est devenu Mickey ?

— Euh, non. 'Faut demander à son groupe de musique. Eux, ils sauront vous dire.

Les jeunes m'informèrent que Mickey était guitariste dans un groupe de reggae qui avait acquis une petite notoriété à Arles et qui s'intitulait, non sans une certaine ironie, « Les Jah-Labert ». En rendant hommage à la fois au dieu rastafari et à l'ancien coureur du Tour de France, les musiciens signifiaient ainsi qu'ils se passionnaient autant pour le reggae que pour le vélo. Le chanteur, Charlie Mercado, était, semble-t-il, un cycliste vainqueur de nombreuses compétitions régionales.

— Merci. Ces informations sont précieuses. Sauriez-vous comment je pourrais joindre Charlie Mercado ?

Les jeunes appelèrent alors un certain Stéphane, censé connaître tout le monde à Arles. Il leur communiqua le numéro de téléphone du chanteur à défaut de fournir celui de Mickey.

Je m'isolai pour contacter Charlie Mercado. À peine eus-je le temps de me présenter qu'il raccrocha. Il était pressé, allait « en répet' » et ne souhaitait pas répondre à des démarches commerciales. Je le rappelai aussitôt pour dissiper ce malentendu et reçus en retour une bordée d'injures.

Les jeunes gens téléphonèrent alors à nouveau au fameux Stéphane et m'obtinrent l'adresse du studio de répétition. Pour les remercier, je leur offris de quoi jouer trois parties de baby-foot.

CHAPITRE 17

Ainsi, Arsène avait engendré un fils crasseux qui se faisait surnommer « Mickey » et qui était guitariste dans un groupe de reggae. J'étais consterné.

J'avais écouté du reggae durant un an de ma vie. L'année de mes dix-sept ans. L'année pendant laquelle j'avais abondamment fumé de l'herbe. J'avais assisté à des concerts, j'avais trouvé cela cool et émancipateur. La foule qui m'entourait était alors constituée de frères et de sœurs, nous vivions tous sur la même planète, il fallait l'aimer et la protéger, quelle que soit notre couleur de peau.

Un soir d'excès cannabique, j'avais été frappé d'une violente crise d'angoisse et, victime d'hallucinations terrifiantes, j'avais dû être conduit aux urgences. J'étais resté hospitalisé durant cinq jours.

À ma sortie, mes camarades avaient tenu à m'emmener dans un concert de reggae pour me remettre d'aplomb. J'avais une interdiction médicale de consommer à nouveau du cannabis et, de toutes les manières, ma mésaventure m'avait tellement traumatisé que je ne souhaitais plus renouveler l'expérience.

J'avais assisté au concert avec les idées claires. Mon ouïe n'était plus brouillée : j'avais alors l'impression d'entendre continuellement la même chanson, les mêmes accords de musique, le même refrain. Mon regard n'était plus embrumé : autour de moi, je percevais désormais une masse amorphe de yeux rouges et de sourires satisfaits pris de déhanchements mous. Ce public ne me paraissait pas en pleine possession de ses facultés pour juger ce qu'il entendait sinon, l'esprit lucide, il aurait constaté comme moi la nullité de cette musique.

J'avais également écouté, les dents serrées, le discours du chanteur et observé les réactions dans la salle. J'avais eu le sentiment de me retrouver projeté, dix ans auparavant, pendant mes cours de catéchisme (pour lesquels je n'ai jamais éprouvé, au demeurant, d'aversion). Cela m'agaçait de voir le public applaudir et porter aux nues un homme qui, s'il avait arboré un missel et une soutane au lieu d'un joint et des dreadlocks, aurait été vilipendé par cette même assistance. « Vous vous pensez rebelles, vous n'êtes que des moutons ; vous vous imaginez spirituels, vous n'êtes que défoncés ». Voilà ce que j'avais lancé, d'un ton péremptoire, à mes camarades, en repoussant d'un mouvement de tête énergique une mèche de cheveux qui me couvrait les yeux. Ils me trouvèrent « parano » et « relou ». Nous nous éloignâmes par la suite. De toutes les manières, je n'avais jamais été fondamentalement proche d'eux. J'avais interprété durant cette année un rôle qui me seyait mal. Je n'ai jamais été « cool ».

En poussant la porte du studio de musique, j'éprouvai donc une certaine appréhension. Les « Jah-Labert » – cinq hommes, la petite quarantaine chacun – étaient en train de mettre au point un nouveau morceau. Ils ne me virent pas entrer. Je m'installai dans un coin discret de la pièce et attendis le moment opportun pour intervenir.

Le groupe était en pleine dispute. Le batteur reprochait à Charlie Mercado – je déduisis qu'il s'agissait de lui à sa tenue de cycliste – de ne pas regarder les autres musiciens lorsqu'il chantait et de la « jouer perso ». Celui-ci, excédé, l'interrompit : « Ça va ! Arrête de faire ton Mickey ». Le batteur n'apprécia pas cette remarque, jeta ses baguettes au sol et sortit en claquant la porte. Ils s'aperçurent alors de ma présence.

– Qu'est-ce que vous foutez, là ?

– Je m'appelle Marc Langlois, je suis généalogiste successoral et...

– C'est vous que j'ai eu tout à l'heure au téléphone ?

– Oui.

– Et vous venez me faire chier jusqu'ici ? Quoique vous vendiez, vos assurances ou vos trucs de merde, ça ne m'intéresse pas.

– Justement, il y a eu un malentendu. Je ne souhaite rien vous vendre. Je suis à la recherche de Mickey, un des membres de votre groupe. Il n'est pas là aujourd'hui ?

– Ça fait un bout de temps qu'il n'est plus là. On l'a viré.

– Ah, d'accord... Le vrai nom de Mickey est-il bien Nicolas Martin ?

– Personne ne l'appelle Nicolas. Tout le monde l'a toujours appelé Mickey. Je ne sais même pas d'où ça vient. Au début, je pensais qu'il s'appelait Mickael et que c'était pour ça qu'on l'appelait Mickey. Mais non. Finalement, Mickey, ça lui va mieux que Nicolas. C'est le plus chiant des personnages de Disney. Toujours à faire la morale aux autres...

Je n'étais pas policier, ce n'était pas mon rôle d'entreprendre une enquête de personnalité, mais, dans le même temps, comprendre les raisons de leurs griefs envers Mickey pouvait nourrir mon investigation. Ce présumé mauvais caractère, il fallait bien qu'il se le soit forgé pour une raison ou une autre. Arsène l'avait-il abandonné ? L'avait-il rejeté ? L'absence d'amour produit parfois un terreau favorable au ressentiment, à la rébellion et au repli sur soi.

– D'après ce que je déduis de vos propos, Mickey m'a tout l'air d'un écorché vif...

Le bassiste, demeuré jusqu'ici silencieux, s'avança vers moi et éructa :

– Écorché vif, mon cul, oui. Il a bon dos, l'écorché vif. Moi aussi, j'suis un écorché vif. Charlie aussi, Paul aussi. Mais on n'casse pas les couilles aux autres. Mickey, c'est juste un sale égoïste qui ne pense qu'à sa gueule et puis c'est tout. Mais, par contre, pour faire des grands discours, des belles leçons de morale, ah ça, il est là, hein.

– Auriez-vous un numéro de téléphone auquel je pourrais le joindre, s'il vous plaît ?

– Il n'a pas de téléphone. Voilà. Typiquement, encore une posture à la con qu'il prenait. OK, c'est fabriqué par des gamins en Chine. OK, on est espionné par Google et la CIA. OK, c'est une forme d'esclavage moderne. Mais, en attendant, mec, comment on fait pour te joindre pour répéter ? Comment on fait pour savoir où tu es alors que le concert commence dans cinq minutes et que tu n'as toujours pas pointé ta gueule de rat ? Hein ?

– Bon... Est-ce que, à tout hasard, vous connaîtriez certains de ses proches qui pourraient m'aider à le retrouver ?

– Mickey, il est resté à Arles que quatre ou cinq ans donc on n'en connaît pas vraiment. Je ne sais même pas s'il est encore à Arles d'ailleurs. Nous, on a fait un black-out sur lui depuis un an.

Charlie Mercado intervint alors :

– Si ça peut vous aider, à l'époque, il sortait avec une petite nana qui s'appelle Mélanie. Elle travaille dans un restaurant qui s'appelle "Le bec fin". Rue Victor Hugo. Je ne sais pas s'ils sont toujours ensemble, mais, en tout cas, elle pourra mieux vous renseigner que nous.

Le batteur revint. Entre temps, il s'était calmé. Les « Jah-Labert » me proposèrent alors de les écouter interpréter quelques chansons de leur répertoire. J'étais coincé. Je ne pouvais pas échapper à ce concert privé. Je m'assis alors face à eux avec anxiété.

Ils jouèrent six morceaux et je dois avouer les avoir plutôt appréciés. Leur style était original, leurs airs mélodieux et leurs paroles décalées. Les yeux fermés, j'accueillais cette musique comme un cadeau. Les basses me réchauffaient le corps, les riffs de guitare pétillaient dans mon esprit comme de fines bulles de champagne. J'étais transporté sur une route de Jamaïque, je chevauchais fièrement un vélo, et le soleil dardait ses rayons ocre sur mon visage ruisselant de sueur. Ils m'offrirent un CD.

Je me fis la réflexion que j'avais été, durant toutes ces années, injuste envers ce genre musical. On aime souvent brûler ce que l'on a adoré. En jetant ainsi l'anathème sur le reggae, je m'étais peut-être privé du réconfort d'écouter une musique vivifiante durant des moments mélancoliques.

Les « Jah-Labert » prévoyaient de « monter sur Paris » pour faire quelques concerts au cours de l'année. Ils notèrent mon adresse e-mail afin de m'annoncer les futures dates de leur tournée.

CHAPITRE 18

C'était la pause. « Le bec fin » était fermé. Je réservai alors sur leur site internet une table pour le soir même. La carte était très alléchante. Je me réjouissais à l'avance d'y dîner. En attendant, je décidai d'aller déposer mes affaires à l'hôtel.

Ma chambre était à l'image de l'employé qui m'accueillit : sans chichis et étrangement proportionnée.

Au-dessus du lit, un tableau attira immédiatement mon attention. Trois bandes horizontales de couleur divisaient la toile équitablement : une jaune, une bleu foncé et une bleu clair ; certainement pour figurer le sable, la mer et le ciel. Ensuite, placée dans la partie gauche de la peinture, au milieu de la zone maritime, une très courte ligne verticale rose pâle aimanta mon regard. Intrigué, j'ôtai mes chaussures et montai sur le lit afin de m'approcher du tableau.

Au sommet de cette touche, le bourrelet formé par la pression du pinceau s'apparentait à une main et les striures que les poils avaient creusées semblaient figurer des veines. L'artiste avait probablement voulu représenter un homme en train de se noyer. Son bras émergeait de l'eau, certainement pour appeler à l'aide. Je demeurai un long moment, perplexe, à contempler le tableau, debout sur le lit, en chaussettes, puis je décidai d'aller visiter la ville.

Afin d'optimiser ma promenade, je me rendis à l'office de tourisme. J'y fus très bien reçu. Le conseiller me remit un dépliant.

Je me faisais une joie de visiter l'amphithéâtre romain,

mais, arrivé devant, j'eus la déception de trouver porte close : un spectacle était en préparation et les arènes étaient interdites au public. Je trouvai cela fort dommage que l'on ne puisse pas y pénétrer, ne serait-ce que pour y jeter un œil. C'est ce que je fis remarquer à l'hôtesse d'accueil puis aux agents de sécurité qui me ceinturèrent alors que je tentai d'escalader les barrières.

J'eus cependant le plaisir de visiter le théâtre antique. Le lieu était très impressionnant et la guide très jolie. Je lui posai de nombreuses questions afin de lui manifester l'intérêt que je portais à son travail.

Durant les courts trajets qui nous menaient d'un point à un autre, je m'arrangeai pour me placer à ses côtés. Nous pouvions ainsi poursuivre nos conversations. Elle avait notamment énoncé plusieurs approximations à propos des colonnes d'ordre corinthien et je pensais bienveillant de ma part de la corriger. Lors de la suite de la visite, je n'en compris pas la raison, mais elle prit sous sa protection un enfant de six ans avec une casquette et me relégua derrière lui. Je tentai à plusieurs reprises d'écarter le gamin discrètement afin de récupérer ma place, mais ce fut en vain : il la collait tout le temps.

Alors que nous arpentions les gradins, l'enfant glissa sur une pierre et tomba à terre. J'éclatai de rire. Le père intervint.

— Qu'est-ce qu'il vous prend ?

— Comment ?

— Bah, j'sais pas, mon gosse il tombe, il pleure et, moi, j'vous vois en train de rigoler alors, forcément, je me pose des questions.

— Ah, c'est parce que... J'ai pensé un truc drôle dans ma tête.

— Au même moment ?

— Oui. Au même moment.

Les parents du gamin ne me crurent pas. Comme le groupe commençait à prendre parti pour eux, je préférai m'éloigner et poursuivre la visite seul, au calme. Je n'aime pas les conflits.

Ensuite, je suivis un parcours qui empruntait les différents endroits que Vincent Van Gogh avait peints durant son séjour à Arles. Ce fut une expérience très intéressante, mais forcément décevante. En cent quarante ans, les lieux avaient bien changé. La maison jaune, par exemple, avait disparu de la place Lamartine. Je dus effectuer un grand effort d'imagination pour me la représenter à l'emplacement où elle se tenait jadis. Certains endroits, comme le pont de Trinquetaille ou le quai du Rhône, avaient cependant résisté au temps et permettaient de mesurer la singularité du regard de Van Gogh.

J'observais longuement le vieux moulin de la rue Mireille. Je tournais autour, m'abaissais et me redressais sans parvenir à définir l'endroit exact où Van Gogh avait posé son chevalet. Une hypothèse me vint à l'esprit : il s'était déplacé durant sa séance de travail pour modifier son point de vue et, ainsi, obtenir cette perspective étrange.

Van Gogh avait jeté son âme sur la toile. Elle était le miroir de ce qu'il avait éprouvé à un moment déterminé. Le tableau aurait certainement été fort différent s'il avait été exécuté le lendemain. Qu'aurais-je peint à sa place ? Qu'est-ce que mon âme pouvait bien projeter à cet instant précis ?

Je sortis mon calepin et me mis à crayonner. Produire quelque chose de beau m'indifférait, car, sachant mal dessiner, je savais par avance que le résultat serait moche. Je tentai de représenter non pas ce que je voyais, mais ce que je ressentais en voyant ce moulin. J'éprouvais un certain plaisir à réaliser cette esquisse. Je hachurai, j'estompai, je pointillai. Le bruissement du crayon contre le papier me transportait. Je ne pensais à rien d'autre qu'à accomplir cette tâche et cela me relaxait.

Le moulin semblait prendre vie sous mes yeux. Je le voyais gonfler son large torse, faire frémir sa lourde carcasse de pierres et m'observer de sa lucarne fatiguée. Je le sentais respirer et se lézarder à chaque souffle expiré.

Une heure plus tard, je considérai mon travail terminé. Je signai mon œuvre et inscrivis en dessous la date du jour.

CHAPITRE 19

Depuis ma dégringolade sociale, mes épaules avaient supporté péniblement un poids invisible qui avait fini par me faire courber l'échine. C'était le poids de la disgrâce. J'avais vécu avec comme l'on s'habitue à vivre avec un pied bot. Mes mouvements s'étaient ralentis et j'avais désormais l'apparence d'un petit vieux voûté.

En rangeant un tiroir, j'avais récemment mis la main sur un cliché ancien, pris le jour de ma soutenance de thèse. J'étais en compagnie de mes parents, de Clémence et d'Arsène. Je me tenais droit, fier et heureux. J'avais observé ensuite mon reflet dans un miroir, et j'avais pris toute la mesure de mon naufrage. Mon visage et mon corps s'apparentaient à une boursouflure. J'étais un hématome à forme humaine.

Seulement, depuis mon arrivée à Arles, je me sentais comme en apesanteur. Je flottais et je profitais pleinement de ce moment. À une terrasse d'un café, je dégustais un verre de Sauvignon et j'observais avec délice ce changement, même infime, même éphémère, qui s'opérait en moi.

Assis à la table voisine, un homme était en pleine conversation avec des amis. Son attitude désinvolte, sa manière de se donner en spectacle en relevant sa mèche de cheveux, son ironie grinçante auraient pu me faire fulminer intérieurement, mais, lorsque nos regards se croisèrent – certainement parce que je le fixais –, je lui souris.

À bien des égards, il ressemblait à Charles Ferrand. Ce fumier avait toujours voulu ma peau au CNRS et il avait fini par l'avoir.

Au fil des années, j'avais senti croître sa détestation à mon égard. J'avais pris cela pour de la jalousie. Il semblait envier la relation que j'entretenais avec Arsène. Certainement aurait-il souhaité être pris sous son aile, encouragé, félicité et – Graal suprême – travailler à ses côtés. Mais c'est moi qu'Arsène avait choisi. C'est avec moi qu'il avait rédigé de nombreux articles pour des revues illustres et coécrit un ouvrage sur Philippe VI de Valois. Pas avec lui.

Lorsque ma forgerie fut révélée publiquement, Charles Ferrand tint enfin la vengeance qu'il appelait de ses vœux depuis longtemps. Il organisa méthodiquement une cabale contre moi au sein de l'institution et, secondé par plusieurs nervis fielleux, il parvint à ses fins. Je devins alors un paria, un intouchable que l'on contournait dans les couloirs comme si la honte et le déshonneur étaient contagieux.

Charles Ferrand avait réussi également le tour de force de rallier Françoise Barthélemy à sa cause. Elle – qui, habituellement, restait en dehors des polémiques – m'avait abreuvé d'injures et exhorté à lui fournir des explications : « Pourquoi t'as fait ça ? Pourquoi tu nous as fait ça ? » Elle m'avait particulièrement lancé cette phrase terrible : « Si Arsène se suicide, ce sera de ta faute ».

Le conseil de discipline fut un jeu de massacre. Une pétition qui exigeait ma démission avait préalablement circulé et avait réuni 457 signatures. Charles Ferrand, Pierre Poitevin, Stéphanie Vargas, Rémi Gaidon, Bernard Lalande et consorts se réjouirent d'assister au spectacle de mon humiliation. Je dus me construire une carapace robuste. Je refusai de leur offrir le plaisir de me voir craquer devant eux.

Les flèches les plus venimeuses furent décochées par Charles Ferrand. Avec minutie et méthode, il démolit durant une heure l'intégralité de mes travaux et remit violemment en cause mes compétences. J'avais pensé – et espéré – que les membres du conseil se rendraient compte de l'inanité de ses propos (mes recherches avaient jusqu'à présent été validées par mes pairs ; certaines publications – notamment plusieurs cosignées avec Arsène – avaient même fait date dans la communauté médiéviste), mais je fus bien naïf de croire cela.

Rien ne trouva grâce à leurs yeux. Il fallait ôter la verrue, nettoyer l'infamie, restaurer l'honneur de l'institution. Et cela devait passer par ma mise à mort. Ils me vouèrent alors aux gémonies, balayèrent d'un revers de la main des années de travail et de sacrifice pour expier le Mal.

Charles Ferrand, à l'annonce de ma révocation, eut un sourire satisfait. Il y eut également des applaudissements. Je vis mes anciens collègues, ceux avec qui j'avais partagé dix ans de ma vie, battre des mains avec soulagement et réjouissance. Moi, je ne disais rien. Je serrais les dents. Des envies de meurtres et d'attentats germaient en moi. Il valait mieux pour tout le monde que je m'éloigne d'eux. Ce que je fis.

Le soir, après mon « procès de Moscou », j'étais au restaurant avec mes parents et Clémence. Ils souhaitaient me soutenir dans cette épreuve.

Volubile et rancunier, la voix cassée, j'avais monopolisé la parole. J'avais expliqué, entre autres, que Jésus avait dû éprouver un sentiment similaire devant la foule haineuse qui hurlait « Libérez Barabbas ». Ma mère eut le malheur de laisser entendre que j'exagérais et mon père l'impudence de relever que le Christ, lui, n'avait jamais falsifié de document historique. Je quittai alors la table, hystérique, en me plaignant de ne pas pouvoir compter sur le soutien de ma propre famille. Puis, après avoir déambulé dix minutes dans le froid, je revins en m'excusant : la comparaison avec le Sauveur était, certes, déplacée, mais il n'en restait pas moins que j'estimais ne pas mériter un tel traitement.

M'être remémoré ces souvenirs pénibles avait quelque peu grignoté mon sentiment de quiétude. Surtout, mon voisin m'agaçait désormais fortement. Plus je l'observais, plus il prenait l'apparence de Charles Ferrand. J'avais envie de le gifler. Je m'empressai de régler mon addition et de partir. Il était, de toute manière, l'heure de me diriger vers le restaurant.

CHAPITRE 20

— Bonjour, j'avais réservé pour vingt heures au nom de Marc Langlois.

— Une table pour une personne ?

— Tout à fait. Je souhaiterais savoir s'il est possible de m'entretenir avec l'une de vos employés, Mélanie. Je suis généalogiste et j'aurais besoin de son témoignage concernant la succession de l'une de ses connaissances. Si toutefois elle travaille toujours chez vous...

— Euh oui... À la fin de son service alors.

Le gérant partit avertir la cuisinière de ma présence et m'installa à côté d'un couple manifestement très amoureux. Je me sentis de trop. La jeune femme enleva aussitôt sa main de celle de son compagnon et ils se mirent à parler à voix basse. Je fis alors mine de me concentrer sur mon smartphone pour leur signifier que je n'écoutais pas leur conversation. D'ailleurs, celle-ci – pour y avoir tout de même prêté quelque peu l'oreille – ne m'intéressait guère. Il était question d'Hossegor, de surf, de houle et de vagues.

Je commandai un pavé de rumsteck saignant en insistant bien sur le mot « saignant ». J'avais eu bien trop de mauvaises surprises par le passé. Je suis très attaché à la cuisson de la viande.

Un peu plus loin, à ma gauche, une famille était attablée avec deux enfants dont l'un – le plus grand, mais aussi le plus vilain – était absorbé par un jeu vidéo sur sa tablette. Le père dut déceler sur mon visage une marque de mépris ou d'affliction, car, tout en me regardant, il dit à son fils : « Range ta tablette. On ne joue pas à table ». Le gamin protesta puis, boudeur, finit par mettre un terme à sa partie de jeu vidéo. Il bouda jusqu'à la fin du repas.

Je demeurais perplexe en observant cette scène. Je me demandai si cet homme, lorsqu'il s'était imaginé devenir père, avait envisagé l'éventualité de l'être d'un fils aussi casse-bonbon (pour rester poli). Arsène avait-il vécu une expérience similaire avec Mickey ? Et mes parents ? L'enfant qu'ils avaient eu était-il en accord avec leurs espérances ? À quel degré les avais-je déçus ?

Je sais – même s'ils me l'ont très rarement exprimé – qu'ils ont souffert de me voir pris dans cette tourmente. La seule chose qui m'avait rassuré à l'époque, c'était que ce cataclysme n'avait agité qu'un petit microcosme et que leur nom de famille avait été plutôt épargné. Si j'avais eu le malheur d'être une célébrité du cinéma, du sport ou de la politique, les choses se seraient passées autrement et la souillure les aurait éclaboussés autant que moi. Cependant, même si cela n'avait été qu'une tempête dans un verre d'eau, tempête il y avait eu et mes parents en avaient été affectés.

Ma mise au pilori devint un sujet tabou entre nous. Nous parlions désormais de tout et de rien, sauf de « ça ». Ils m'interrogeaient sur mon nouveau travail, je leur racontais des anecdotes sur mes pérégrinations de généalogiste et ils se disaient heureux pour moi. Cette seconde vie – même s'ils demeuraient conscients que ce n'était pas celle dont j'avais rêvé – semblait m'apporter un certain réconfort et cela les rassurait.

Chez eux, sans que je leur demande, ils purgèrent ma chambre des reliques enfantines et adolescentes de ma passion pour le Moyen-Âge. Les maquettes de châteaux forts, les frises chronologiques, les cartes de territoires, les portraits de souverains, les figurines de chevaliers peintes à la main, les blasons, les livres… tout disparut –

certainement remisé quelque part dans le grenier – afin de ne plus se trouver à portée de ma vue.

Je décidai de les imiter et, dans mon appartement, je reléguai tout ce qui était lié à ma carrière de médiéviste dans de grands cartons que j'enfermai dans ma cave.

— Je ne pense pas être une nana compliquée pourtant. C'est peut-être toi qui te poses trop de questions.

À côté de moi, la conversation prenait un autre tour. Le jeune homme se redressa sur sa chaise et tenta de fournir à sa compagne des explications : son boulot qui lui prenait la tête, le fait qu'il avait du mal à dormir en ce moment... Elle fronça les sourcils et lui fit remarquer que, s'il avait des insomnies, c'est que, justement, il se posait peut-être trop de questions. Le garçon tint alors à la rassurer :

— Franchement, je suis bien avec toi.

Le contraire se produisit. Sa copine se crispa :

— Au bout de deux ans, on est censé se dire autre chose que "je suis bien avec toi".

Le couple sentit que je les écoutais et se tut. Je m'étais pourtant efforcé de ne pas les regarder. Ils se levèrent pour régler l'addition et partirent.

Le restaurant se vida petit à petit de ses clients. J'aperçus, à travers le passe-plat de la cuisine, une jeune femme – les cheveux coupés ras, un piercing sur le nez – balayer la salle du regard. Elle s'arrêta sur moi, sortit une cigarette de son paquet et me fit signe de la suivre à l'extérieur du restaurant.

— Vous voulez une clope ?

— Non, merci. C'est gentil, mais je ne fume pas.

— Vous avez raison. 'Faut pas fumer. C'est d'la merde.

Un long tatouage lui couvrait entièrement le bras gauche. Il représentait un serpent de mer jaillissant d'une vague.

Elle tirait nerveusement sur sa cigarette.

– Je m'appelle Marc Langlois, je suis généalogiste successoral et je cherche à joindre votre compagnon ou ancien compagnon…

– Mickey ? Enfin, Nicolas…

– Oui, voilà.

– On n'est plus ensemble.

– Ah. Êtes-vous toujours en contact avec lui ?

– Non.

– Sauriez-vous comment je pourrais me mettre en contact avec lui ?

– Demandez à sa pute.

– C'est à dire ?

– Zaza Ozou.

– Zaza Ozou ?

– Regardez sur internet. Vous la trouverez.

– Elle habite à Arles ?

– Non, à Aix-en-Provence. À moins qu'ils aient déménagé. C'était tellement soi-disant "le coup de foudre", tellement "une révélation"… Enfin, j'm'en fous. J'ai chialé sur l'moment parce que ça n'fait jamais du bien de se faire larguer comme une merde, mais, maintenant, j'dis "bon débarras". Moi, les mecs qui se prennent pour le nombril du monde, ça suffit. J'ai eu ma dose. Il était sans arrêt en train d'geindre que tout le monde était contre lui. Bah ouais. Si tu t'comportes comme un con avec les autres, les autres ils peuvent plus t'piffrer, hein !

Ce Mickey me semblait décidément fort antipathique. Il faisait jusqu'ici l'unanimité contre lui. J'en venais à me demander s'il méritait cet héritage.

De retour à mon hôtel, j'effectuai une brève recherche à propos de cette « Zaza Ozou ». Il s'agissait d'une artiste contemporaine. Elle possédait un site internet et, sur la page d'accueil de celui-ci, un bandeau rouge annonçait qu'elle réaliserait le lendemain, à 19 h, une performance dans un centre artistique d'Aix-en-Provence. Je décidai de m'y rendre. J'envoyai alors un e-mail à Fabrice pour l'informer que je devais prolonger mon séjour dans le Sud. Je lui communiquai également mon intention de louer une voiture.

CHAPITRE 21

– Comment vous vous êtes fait ça ?

L'hôtelier se figea, interloqué.

Comment ces mots avaient-ils pu sortir de ma bouche ? Pourquoi le mécanisme psychique qui régit habituellement la censure avait-il failli cette fois-ci ? S'il avait été en état de marche, cette interrogation ne se serait jamais échappée de mon esprit et mes cordes vocales ne se seraient pas animées. L'hôtelier aurait alors rejoint son comptoir, j'aurais remarqué qu'il était appareillé d'une prothèse à sa jambe gauche, je m'en serais étonné dans mon for intérieur, et les choses se seraient arrêtées là. Je n'aurais jamais eu l'indélicatesse de lui poser une telle question.

Je ne lui donnai pas le temps de répondre. Je déviai immédiatement la conversation. Je considérais avoir laissé échapper un pet de l'esprit et je souhaitais que ni lui ni moi ne nous attardions dessus.

Je me mis alors à disserter sur le premier sujet à portée de vue. Puisqu'un gros matou paressait sur le comptoir, le thème de mon monologue porta sur les chats et leurs différents caractères. L'hôtelier m'écouta patiemment, acquiesça de temps en temps en caressant le félin puis, lorsque le sujet fut tari, me remercia d'avoir choisi son établissement pour mon séjour à Arles et me souhaita une bonne journée.

Une fois dehors, je perçus un son métallique. Je me retournai. L'hôtelier claudiquait dans ma direction. Il s'immobilisa devant moi puis, après un moment d'hésitation, me confessa :

– J'ai eu un accident de voiture il y a deux ans.

J'opinai alors de la tête en silence en me pinçant les lèvres, par signe de compassion, puis je posai ma main sur son épaule en plongeant un regard pénétrant dans le sien. Il fit ensuite demi-tour.

Je restai un moment, interdit, à l'observer s'éloigner. Cela faisait si longtemps que je n'avais pas éprouvé d'empathie envers quelqu'un que j'eus l'impression, l'espace d'un instant, d'avoir été touché par une grâce divine et de pouvoir guérir ce jeune homme. Je fus alors fort contrit de le voir rejoindre l'hôtel en boitant sans avoir pu améliorer son état physique. J'allais quitter Arles avec mes deux jambes, et lui allait demeurer ici, dans cet hôtel miteux, avec une seule. Cela me remua terriblement. J'en eus les larmes aux yeux.

Pour ne rien arranger à la fébrilité de mon état, la jeune fille à l'agence de location de voiture avait un strabisme. Certes, son cas était moins grave que celui de l'hôtelier, mais cela me brisa le cœur également. Elle avait dû subir de nombreux sarcasmes dans sa jeunesse parce qu'elle louchait. Peut-être en souffrait-elle encore. Les gens sont parfois si cruels, quel que soit leur âge.

Lorsqu'elle me tendit les clefs, après l'état des lieux de la voiture, je lui posai la main sur l'épaule en plissant les yeux comme je l'avais fait pour l'hôtelier. Je voulus lui énoncer une phrase réconfortante. Plusieurs défilèrent dans mon esprit : « Avant, on appelait cela une coquetterie, il ne faut pas en avoir honte », « cela n'a pas empêché Dalida de faire une carrière magnifique ». Finalement, j'optai pour le silence afin de profiter au mieux de cette communion de nos âmes.

CHAPITRE 22

Je me sentais à l'aise au volant de cette voiture. Elle était agréable à conduire. La distance séparant Arles et Aix-en-Provence étant courte, je cherchai à la rallonger par tous les moyens. J'empruntai de petites routes de campagne, bordées de paysages magnifiques, que j'étais le seul à traverser. J'avais l'impression de tracer l'itinéraire au fur et à mesure que je m'y enfonçais. Je me sentais l'âme d'un défricheur, d'un aventurier. J'étais grisé.

Aux abords d'un virage, j'aperçus une Volkswagen à l'arrêt. Un homme en costume cravate se tenait à ses côtés, debout, les bras croisés, et la mine renfrognée. Il était visiblement en panne et avait besoin d'aide. En temps normal, j'aurais accéléré en détournant le regard, mais, depuis cette matinée à Arles, j'étais de bonne humeur. Je décidai alors de m'arrêter et de tendre la main à cet homme en détresse. Si je n'étais pas parvenu à guérir un infirme, réparer un moteur me semblait à ma portée.

— Bonjour. Vous avez un souci ?

— Ouais. Je viens de tomber en panne. Je ne comprends pas. Pourtant il me reste pas mal d'essence.

— Ah… Attendez. Je vais jeter un œil…

— C'est gentil, mais j'ai appelé un réparateur et il va arriver.

— Oui, mais vous savez, les réparateurs… On les connaît, hein.

Je sortis de la voiture. Enfant, j'avais eu l'occasion d'observer mon grand-père, les bras maculés de cambouis, réparer sa vieille Peugeot. Ces moments heureux étaient toujours présents dans ma mémoire. J'avais scruté, fasciné, chacun de ses gestes et je pensais pouvoir les reproduire.

– Non, vraiment... J'vous ai dit, c'est gentil, mais le réparateur va venir d'un moment à l'autre...

– Oui, mais je suis là. Tant qu'à faire, je peux vous aider.

– Non, vraiment, merci...

– Autant vous éviter une dépense inutile...

– L'assurance me remboursera. Ne vous inquiétez pas.

Certaines personnes appréhendent de demander de l'aide. Ils marchent dans la vie sur la pointe des pieds, avec la peur constante de déranger. Cet homme se rangeait manifestement dans cette catégorie. Il s'avère parfois nécessaire de forcer ces individus à saisir la main qui leur est tendue.

J'ouvris sa portière.

– Qu'est-ce que vous faites ?

– Je cherche le levier pour ouvrir le capot.

– Mais non. Ne touchez à rien. Arrêtez.

– Vous me remercierez après.

– Pas du tout. Foutez-moi la paix. Qu'est-ce que je vous ai fait ? Pourquoi vous m'emmerdez comme ça ?

Je trouvai cela un peu fort du café. Je m'étais arrêté, j'avais pris le temps de venir au secours de cette personne et, en guise de remerciements, j'étais injurié. Je fis remarquer à cet ingrat son attitude intolérable.

Les choses dégénérèrent quelque peu ensuite. Il m'insulta. Je lui répondis. Il me poussa. Je le poussai en retour. Il tomba dans une flaque d'eau, pesta, et, alors que je faisais demi-tour en éclatant de rire, il en profita pour me sauter dessus de tout son poids. Je basculai à la renverse. Nous effectuâmes plusieurs roulades en nous tirant mutuellement les cheveux.

Au bout d'un moment, nous nous figeâmes dans une position de lutteurs grecs, l'un empoignant violemment la crinière de l'autre. Mon cuir chevelu me brûlait. Mon assaillant semblait éprouver la même douleur : il était cramoisi et grimaçait terriblement. Les secondes qui suivirent me parurent durer une éternité. Mon adversaire émit enfin un son faible :

– T'arrêtes et j'arrête.

– Ok.

– On compte jusqu'à trois et on lâche.

– Un, deux, trois...

Nous nous relevâmes, nous époussetâmes et nous serrâmes la main virilement. Rien n'est plus beau au monde que la paix entre deux hommes.

Je repris ma route.

CHAPITRE 23

J'avais déjà eu l'occasion de séjourner à Aix-en-Provence. Cette ville constituait un emblème essentiel de mon ancienne vie.

Chaque année, au moment du printemps, la cité aixoise accueillait durant trois jours un colloque consacré au médiévisme que je ne manquais sous aucun prétexte.

Dès mes dix-huit ans, j'eus la joie d'y assister en auditeur libre. Je pus ainsi rencontrer les grandes stars de cette discipline : Jacques Le Goff, Michel Pastoureau, Philippe Wolff, Pierre Bonnassie, Philippe Contamine, Jean Verdon, etc. Ils venaient donner des conférences, participer à des débats et dédicacer leurs ouvrages. J'eus parfois le plaisir d'échanger avec eux.

Ces jeunes années furent des moments de bonheur pur, empreints de naïveté. J'étais un fondu d'Histoire, avec une préférence pour le Moyen-Âge. Enfant, puis adolescent, j'avais dévoré un grand nombre de romans de chevalerie, m'étais passionné pour les récits palpitants des guerres fratricides qui enflammèrent l'Europe médiévale ainsi que pour les destinées fascinantes de ses souverains, et j'avais joué durant de longues après-midi à des jeux de stratégie ayant trait à mon époque de prédilection. Ce colloque constituait donc, pour moi, un véritable paradis sur Terre. À cette époque, je ne connaissais pas la face cachée de ce milieu, ses luttes intestines, ses rivalités et ses coups bas. J'ambitionnais seulement de faire un jour partie de cette communauté et de donner du « cher confrère » à ces sommités que j'admirais. Secrètement, je rêvais de leur ressembler, d'être écouté, adoubé, célébré.

En 1998, Arsène était venu participer à un débat sur Charles Le Bel et m'avait dédicacé son dernier ouvrage. Lorsque, l'année suivante, je l'avais croisé dans les allées et m'étais dirigé vers lui, il s'était souvenu de moi et m'avait appelé par mon prénom. J'en avais été fier.

Au fil du temps, une relation se tissa. Il me prodigua des conseils, m'épaula lors de mes études, et me prit sous son aile lorsque j'entrai au CNRS. J'allais ensuite au colloque en tant que chargé de recherche et, de surcroît, accompagné d'Arsène. En 2009, nous y avions même dédicacé notre livre, rédigé à quatre mains, sur Philippe VI de Valois. J'avais d'ailleurs perçu une certaine jalousie chez mes collègues – particulièrement chez Charles Ferrand – et cela m'avait ravi. Je considérai que, s'ils éprouvaient ce sentiment envers moi, c'est qu'ils enviaient ce que j'étais devenu, et, surtout, ce que je devais normalement devenir encore.

Mon nom bénéficiait désormais d'une petite notoriété dans le milieu. J'étais régulièrement consulté par mes pairs et interrogé par des journalistes. Mes collègues s'affolaient de me voir réussir à leur place. Surtout, ils présageaient que, lorsqu'Arsène prendrait sa retraite, son poste de directeur de recherche risquait de m'échoir s'il appuyait ma candidature auprès de la commission. Cela aurait constitué pour eux un terrible camouflet et ils ne s'en seraient jamais remis.

Je me plaignais à Arsène de l'attitude des autres à mon égard. À chaque fois, il haussait les épaules en soupirant. Ce n'était pas ses affaires et il ne désirait pas s'en mêler. J'étais déçu, mais rassuré, car je savais que mes ennemis étaient reçus de la même manière lorsqu'ils venaient à leur tour se plaindre de mon comportement.

Je connaissais leurs reproches. Un jour, j'avais posé

mon oreille contre la porte d'un bureau et pu entendre leurs griefs sans qu'ils s'en aperçoivent. Charles Ferrand se trouvait évidemment dans cette assemblée de frondeurs. Tour à tour, ils singeaient ma manière de m'exprimer et moquaient ma prétendue suffisance. J'appris, à cette occasion, que mon surnom était « Moi je 1er ». Mon physique et ma façon de me mouvoir furent également raillés. Je visualisai très bien Charles Ferrand mimer les déplacements d'un zombie ventripotent et dégoulinant de bave. Plus surprenant, il fut question de la dimension de mon sexe. Dans le groupe, un fin psychanalyste déclara connaître l'origine de mon attitude arrogante : j'étais pourvu d'un membre atrophié. Considérant l'hilarité générale qui suivit cette sortie, je compris que, dorénavant, mon pseudonyme ne serait plus « Moi je 1er », mais « Micro-pénis »...

La ribambelle d'inepties que j'entendis ce jour-là me conforta dans mon mépris vis-à-vis d'eux. Je décrétai alors que ma plus belle vengeance serait ma réussite. Un jour, ils finiraient par reconnaître mon mérite. Mieux : ils se vanteraient de me fréquenter !

CHAPITRE 24

Le colloque de 2010 fut l'étincelle qui alluma le grand brasier. Celui dans lequel j'allais me jeter à corps perdu et me consumer entièrement.

Arsène et moi y avions été conviés pour participer, entre autres, à une table ronde consacrée à Charles II de Navarre dit « Charles Le Mauvais ». Trois autres médiévistes avaient également été invités. Jean-Pierre Le Guillou, un confrère qui s'était souvent opposé à Arsène au cours de sa carrière, était l'un d'eux.

La discussion se concentra à un moment sur la personnalité du connétable Raoul II de Brienne. Arsène et moi avions étayé solidement notre thèse à son propos. Le Guillou s'était lancé ensuite dans une charge véhémente à notre encontre pour la contester. Notre argumentation était, selon lui, un tissu de contre-vérités historiques et nous-mêmes étions des apprentis sorciers.

Arsène, comme à son habitude, demeura impassible. Je dus me charger seul de contrer la violente diatribe de Le Guillou. Il nous sommait d'apporter les preuves de ce que nous avancions. J'eus beau m'efforcer de lui répéter qu'il s'agissait seulement d'une hypothèse, mais que celle-ci nous apparaissait hautement crédible, rien n'y fit. Le Guillou campa sur ses positions et, meilleur orateur, réussit à ranger l'auditoire de son côté. Les allées du colloque bruissèrent de cette escarmouche dont notre adversaire était sorti vainqueur.

Cette mésaventure, je la perçus comme un échec. Arsène, même s'il ne l'exprima pas, vécut lui aussi difficilement cet épisode. Non seulement Le Guillou s'était gaussé de nous, mais il avait également remis lourdement en cause notre travail et, cela, je ne l'acceptai pas.

Je consacrais les mois qui suivirent exclusivement à Raoul II de Brienne. Je poursuivais une idée fixe : déceler cette preuve qui validerait notre thèse et nous permettrait de remettre à sa place Le Guillou. Il nous présenterait alors lamentablement ses excuses et reconnaîtrait ses torts.

Arsène se rendit compte que je rentrais dans une spirale obsessionnelle. À plusieurs reprises, il me conseilla de m'atteler à d'autres travaux afin de me libérer l'esprit. Je refusais.

Je mettais un point d'honneur à déceler cette satanée preuve. Elle existait forcément quelque part. Elle n'attendait qu'à être trouvée par quelqu'un et ce quelqu'un, ce serait moi.

CHAPITRE 25

Raoul II de Brienne, connétable de France, possédait de nombreuses seigneuries, notamment en Haute-Normandie, en Saintonge, en Bourgogne et dans le Poitou.

En 1346, en pleine guerre de Cent Ans, il fut capturé par les forces anglaises d'Édouard III lors du siège de Caen. Le souverain anglais, petit-fils de Philippe Le Bel par sa mère, prétendait à la couronne de France depuis l'accession au trône de Philippe VI de Valois.

Après quatre années de captivité, Raoul II de Brienne fut autorisé à rentrer en France à condition de payer une rançon de 60 000 écus. Édouard III lui donna un an pour réunir la somme ; à défaut, il retrouverait sa geôle.

Entre-temps, Jean II Le Bon était devenu le deuxième souverain issu de la Maison des Valois. Raoul II de Brienne se rendit à l'Hôtel de Nesle pour lui rendre hommage. Le roi se montra très suspicieux à son égard. Il brandit une lettre et exigea de lui une explication à propos de cette missive. Désarçonné, Raoul II de Brienne reconnut son écriture et fut emprisonné sur-le-champ.

Plusieurs grands seigneurs étaient présents lors de cet épisode : Gautier VI de Brienne (duc d'Athènes, son beau-frère), le duc Pierre de Bourbon, les comtes d'Auvergne et de Montfort et le Cardinal Gui de Bourgogne.

Le 19 novembre 1350, Raoul II de Brienne fut exécuté sans avoir eu le droit à un procès.

Que contenait la lettre que Jean II Le Bon avait interceptée ? Mystère. Le chroniqueur Jean Froissart n'a ni mentionné la teneur de cette missive ni relaté les aveux de Raoul II de Brienne. Il rapporta seulement que, lorsqu'il était interrogé par la cour, le souverain se contentait de répondre : « Je n'aurai de repos tant que le connétable sera vivant ».

Des rumeurs prospérèrent. Elles insinuèrent que Raoul II de Brienne aurait été exécuté, car il avait entretenu une liaison avec Bonne de Luxembourg (précédente épouse du futur roi Jean II Le Bon, décédée avant l'accession au pouvoir de son mari). Cette probabilité fut ensuite jugée très faible.

L'hypothèse qui, pour plusieurs générations d'historiens, sembla la plus vraisemblable est celle d'une trahison de Raoul II de Brienne en faveur d'Édouard III d'Angleterre. Le connétable aurait marchandé sa libération contre une reconnaissance du souverain anglais comme roi de France. Ses nombreuses possessions débouchant sur la Manche, il aurait eu économiquement tout intérêt à sceller ce pacte pour faciliter le transport maritime de diverses marchandises. Jusqu'à présent, aucun document historique n'a validé cette thèse.

Arsène et moi en avions une tout autre. Elle nous semblait hautement plus plausible, mais remettait en cause une pensée dominante sur le sujet. Selon nous, Raoul II de Brienne ne se serait pas vendu à Édouard III d'Angleterre, mais à Charles II de Navarre dit « Charles Le Mauvais ». Ce dernier rêvait lui aussi de ceindre la couronne de France. Il était l'aîné et le chef de la riche maison d'Évreux et s'estimait plus légitime que Philippe VI de Valois, seulement cousin de Louis X, mais descendant masculin le plus direct.

Notre thèse affirmait que Raoul II de Brienne aurait obtenu de Charles Le Mauvais les 60 000 écus nécessaires à sa libération. En échange, il lui aurait promis d'œuvrer pour son accession au pouvoir en complotant contre Jean II Le Bon. Sa qualité de connétable lui permettait d'organiser un attentat contre le Roi en s'alliant notamment avec ses nombreux détracteurs. Raoul II de Brienne, en échange de ses services rendus, aurait pu prétendre à différentes possessions, dans la Manche notamment.

CHAPITRE 26

Cela faisait six mois que je remuais ciel et terre pour mettre la main sur cette preuve. Je passais mes journées à éplucher des archives et à décortiquer des manuscrits. Pourtant, je demeurais bredouille. La situation devint vite intenable.

Un jour, alors que j'étais exsangue, au bord de la crise de nerfs, la solution m'apparut comme une évidence : si cette preuve n'existait pas – et je commençais à me faire à cette raison –, j'allais l'inventer. Il s'agissait seulement de faire un faux pour démontrer le Vrai. Je ne dénaturais pas la réalité puisque cette action était au service de la Vérité. On n'y verrait que du feu.

Je ne pouvais pas reproduire la lettre que Jean II Le Bon avait agitée sous le nez de Raoul II de Brienne. Cela aurait été « trop gros ». Je décidai alors de façonner une missive rédigée par Gautier VI de Brienne – beau-frère du connétable, présent lors de la confrontation avec Jean II Le Bon – à destination de sa femme Jeanne de Brienne. Il y révélerait les détails du jugement expéditif de Raoul II de Brienne et les raisons de sa trahison, à savoir son ralliement à Charles Le Mauvais.

Je dus me procurer un papier d'origine. Si une analyse était exigée, la datation du document devait s'avérer exacte. Je déchirai alors une page vierge d'un manuscrit datant du 14e siècle et m'entraînai durant de longues heures à écrire à la plume. Une fois aguerri, je me lançai. Pour parfaire le style de Gautier VI de Brienne, je me figurais celui-ci, dans un donjon sombre et froid, en train de rédiger cette missive à la lumière chancelante d'une bougie. Je l'imaginais tremper d'un geste lent sa plume dans l'encrier, méditer ses tournures de phrase en lissant sa longue barbe. La main de Gautier VI de Brienne guidait la mienne. Son souffle, son esprit m'animaient. J'étais comme possédé. Lorsque je sortis de ma torpeur, la lettre se tenait devant moi. Pour la vieillir davantage, je l'humidifiai délicatement, la disposai dans un four et attendis que le papier se mette à gondoler. Le résultat fut saisissant. La perfection de l'ouvrage était telle que j'avais l'impression de tenir, entre mes mains tremblantes, le Saint Graal ou la pierre philosophale. J'étais Prométhée. J'avais volé le feu sacré de l'Olympe et donné naissance à ce prodigieux document. Ma preuve existait !

Arsène explosa de joie et me couvrit de compliments. Je lui avais au préalable raconté que j'avais découvert la lettre entre les pages d'un manuscrit de la bibliothèque de Rouen. Cette explication lui suffit. Il me faisait confiance.

Nous nous attelâmes alors à la rédaction de l'article. Il fut publié un mois plus tard dans la revue « Le Monde Médiéval » et connut un vrai retentissement. Pour beaucoup de médiévistes, cette révélation constitua un véritable coup de théâtre. Nous reçûmes des félicitations de confrères venant de toute la France. Au sein du CNRS, mes collègues n'eurent pas d'autre choix que de constater cette prouesse. Ils me congratulèrent sans chaleur et du bout des lèvres.

Arsène et moi étions aux anges. Nous vivions un grand moment de notre carrière. Malheureusement, ce bonheur cessa au bout de trois semaines.

Jean-Pierre Le Guillou, après avoir fait mine de nous féliciter, exigea une contre-expertise. En bon spécialiste, il commanda une batterie d'analyses scientifiques. Elles révélèrent un « anachronisme de l'encre utilisée et une inadéquation dans l'imbibition de celle-ci dans le papier au regard de sa datation ». Pire, un expert graphologue releva plusieurs points de convergence entre la prétendue écriture de Gautier VI de Brienne et la mienne. Jean-Pierre Le Guillou s'en donna alors à cœur joie. Il rédigea à son tour un article dans « Le Monde Médiéval » pour faire éclater au grand jour la supercherie et invalider notre thèse.

Tremblement de terre au CNRS. Pluie d'insultes et de messages haineux. Conseil de discipline. Exécution en interne, dans un sous-sol, loin des regards d'une cour de justice. Marc Le Maudit.

Arsène décida de partir en retraite anticipée. Au lieu d'achever sa carrière sous les acclamations et les hommages, il la finissait en catimini et dans la honte.

– Arsène n'a rien à voir là-dedans. J'ai accompli cette forgerie dans son dos, sans l'en avertir, et de mon propre chef. Je l'ai trahi.

Voici ce que j'aurais dû leur dire à l'époque.

Comment avais-je pu adopter un comportement si minable vis-à-vis d'Arsène ?

Cette pensée me torturait.

Je devais absolument retrouver son fils. Je devais lui dire à quel point son père avait été grand et moi tout petit.

CHAPITRE 27

Lorsque nous descendions à Aix-en-Provence pour le colloque, Arsène et moi avions nos habitudes. Nous appréciions notamment d'aller déguster des petits farcis au « Bouche à oreille » avec notre équipe. C'était une brasserie bon marché et très conviviale. En arrivant, nous faisions la bise à Germaine, la patronne, et Bernard, son mari, nous accueillait avec une poignée de main chaleureuse. Nous ne repartions jamais sans avoir absorbé un digestif offert par la maison, la Farigoule, une liqueur de thym qui nous mettait le cœur en fête pour le restant de la journée.

J'hésitai à y retourner. Mon cerveau était le théâtre d'une lutte entre deux sentiments contraires : l'irrésistible envie de manger leurs petits farcis délicieux et la terrible appréhension de côtoyer à nouveau ce couple de restaurateurs.

J'avais signé un contrat tacite avec moi-même : pas d'interférences entre mon ancienne et ma nouvelle vie. Jusqu'ici, j'avais respecté scrupuleusement ce marché. Seulement, en acceptant ce dossier et en partant à la recherche de l'héritier d'Arsène n'avais-je pas déjà donné un coup de canif dans ce contrat ?

Je redoutai particulièrement la réaction de Germaine et Bernard lorsqu'ils m'apercevraient. Charles Ferrand et consorts s'étaient certainement fait un plaisir de les mettre au courant de mon « exaction ». Le couple de restaurateurs avait très probablement été scandalisé : « nous vivants, il ne refoutra jamais les pieds ici ! ».

Allais-je devoir me justifier devant eux, faire amende

honorable pour obtenir le privilège de déguster leurs petits farcis ?

D'un autre côté, Germaine et Bernard pouvaient également n'être au courant de rien. En effet, Arsène et moi étions les seuls à militer pour déjeuner au « Bouche à oreille ». Les autres considéraient cet endroit comme un « boui-boui » et nous suivaient uniquement pour nous faire plaisir. Mes anciens collègues avaient très bien pu ne jamais revenir chez Germaine et Bernard. Dans cette hypothèse, je ne risquais pas grand-chose à pénétrer dans ce restaurant.

D'ailleurs, en m'apercevant, probablement que Germaine et Bernard me sauteraient au cou et, pleins d'effusions, s'exclameraient : « Ah, bah, dis donc. Tu nous avais fait des infidélités ou quoi ? Ça fait une paye qu'on n't'a pas vu ! » Peut-être alors leur annoncerais-je avoir changé de métier, comme ces avocats d'affaires qui se reconvertissent en horticulteur. Peut-être aussi pouvais-je ne rien leur dire. Pourquoi devais-je me justifier pour manger des petits farcis ?

Je n'avais pas pris la décision de ce que j'allais leur dire ou ne pas leur dire, mais je pris celle d'aller déjeuner chez eux.

Germaine était à la caisse. Elle était désormais teinte en blonde.

— Bonjour, Monsieur. Pour une personne ?

Elle ne m'avait pas reconnu. J'étais soufflé. Je m'attendais à tout sauf à cela. Avais-je à ce point changé en huit ans ? Je m'étais certes un peu empâté, mais tout de même... Même Bernard, que j'observais faire des allers-retours entre la cuisine et la salle, semblait ne pas se souvenir de moi.

Les petits farcis étaient bons, mais ils n'avaient pas la saveur d'autrefois. N'ayant pas été reconnu, m'estimant nié, j'avais l'impression qu'un autre que moi était en train de les manger.

Au moment de régler l'addition, j'engageai la conversation avec Germaine.

– Je venais souvent déjeuner ici il y a quelques années avec des collègues. Vers fin avril. Il y a un colloque d'historiens sur le Moyen-Âge à cette époque.

– Ah bon ? C'est possible. Je ne me souviens pas de tous les clients, vous savez...

– Il y avait parmi nous un homme avec une longue barbe, Arsène Brisson. Nous mangions toujours des petits farcis...

– Ah ? Écoutez, peut-être, oui... Ça me dit vaguement quelque chose... Comment va-t-il ?

– Il est mort.

CHAPITRE 28

L'affiche placardée sur la devanture du centre d'art listait les nombreux intervenants de cette exposition collective. Zaza Ozou figurait parmi eux. Peintures, photographies, installations et performances étaient au programme.

À l'intérieur, une centaine de personnes, certaines élégantes, d'autres excentriques, déambulaient par petits groupes dans de grandes salles aux murs blancs. Ils se massaient autour des œuvres d'art, adoptaient un air concerné et saluaient avec grandiloquence les connaissances qu'ils croisaient.

J'observai ce spectacle avec un brin d'agacement. Habituellement, je fuyais ce genre de manifestation branchée, car je m'y sentais mal à l'aise. De plus, j'avais en horreur l'Art contemporain. Mon goût et ma formation me portaient naturellement vers les grands maîtres. Les œuvres de Giotto di Bondone, Filippo Lippi, Léonard de Vinci ou Raphaël me bouleversaient par leur émotion pure, mais aussi parce que, pour leur donner naissance, ces génies avaient fait preuve d'un travail et d'une maîtrise considérables. Or, j'avais l'impression en observant certaines œuvres d'art contemporaines que celles-ci avaient été réalisées nonchalamment, à la hâte, avec un réel mépris pour les pauvres âmes qui allaient les contempler.

Je me dirigeai vers les œuvres accrochées sur le premier mur. Un artiste avait enduit trois toiles de peinture jaune et avait disposé au centre de chacune d'elle un point bleu, rouge et vert. Je fis un effort de concentration pour parvenir à ressentir le même émoi que le visiteur qui m'avait précédé. Il s'était longuement imprégné de chaque toile et j'avais perçu dans son regard un certain trouble. Seulement, à mon grand désarroi, rien ne vint. Je n'éprouvais aucune émotion face à cette œuvre et je commençais à m'interroger sur ma propre sensibilité.

Un jeune homme se présenta comme un médiateur et proposa de me fournir quelques explications. J'acceptai volontiers. J'appris alors qu'il était question, dans ce triptyque, de crise migratoire, d'embarcation sur un radeau de fortune, d'îles grecques et de mort. L'autre visiteur avait-il perçu cela ?

Au milieu de la salle trônaient trois planches de contreplaqués posées à même le sol. Des personnes dubitatives formaient un cercle autour. L'artiste, un barbu débraillé et coiffé d'un bonnet, conversait à côté avec ses amis.

Apercevant certainement ma mine circonspecte, mon voisin de gauche crut trouver en moi un allié et me prit à témoin.

– Vous savez quoi ? Nous faisons face à un foutage de gueule caractérisé. On nous dit "voici une œuvre d'art". Vous voyez une œuvre d'art, vous ? Moi, je vois trois planches qu'un abruti a été acheter à Leroy-Merlin et a foutu n'importe comment au sol !

Il voulut ensuite en découdre avec l'artiste. Celui-ci ne sourcilla pas, certainement habitué à ce genre d'esclandres. Ne souhaitant pas me faire remarquer, je pris mes distances avec ce visiteur colérique et je changeai de salle.

La suite de l'exposition me séduisit davantage. Un photographe avait demandé à des personnes de poser dans les habits des professions qu'ils rêvaient d'exercer lorsqu'ils étaient enfants puis dans ceux des métiers qu'ils pratiquaient actuellement. Le résultat était saisissant. À gauche, un quinquagénaire arborait fièrement une tenue de pompier ; à droite, ce même homme était vêtu d'un costume-cravate et tenait fermement dans une main un attaché-case. D'un côté, une jeune femme était déguisée en vétérinaire ; de l'autre, celle-ci revêtait une robe d'avocate. Je me permis d'aller féliciter l'artiste et de lui confier à quel point je trouvais son idée formidable et émouvante. Il me remercia cordialement et m'informa qu'il était à la recherche de nouveaux modèles pour poursuivre ce concept. Je ne saisis pas la perche qu'il me tendait. Et si, au détour d'une exposition, mes anciens confrères tombaient sur un tableau me représentant en train de pavaner fièrement en armure de chevalier et, à côté, sur un autre où je poserai piteusement en je-ne-sais-quoi ? D'ailleurs, comment symbolise-t-on un généalogiste successoral ? Un employé de bureau avec, dans la main gauche, un arbre généalogique et, dans la droite, une liasse de billets ? Quel ridicule ! Je ne me sentais pas encore prêt pour l'autodérision.

Je complimentai ensuite, dans une autre allée, une peintre pour son travail. Ses toiles, pourtant abstraites, m'évoquaient des paysages de montagnes magnifiques. Elle me conseilla alors de découvrir celles de Rothko et de Nicolas de Staël. Cela me réconcilierait, selon elle, avec l'abstraction. Elle n'avait pas tort. Aujourd'hui, je possède dans mon salon une reproduction d'un tableau de Nicolas de Staël.

Une voix interpella l'assemblée : nous devions tous nous diriger dans la salle adjacente, car « ça » allait commencer.

CHAPITRE 29

Massés dans une pièce partiellement plongée dans l'obscurité, nous attendions sans réellement savoir ce que nous attendions quand, soudain, un hurlement retentit.

Zaza Ozou pénétra dans la salle comme une furie, les cheveux hirsutes, seulement vêtue d'un débardeur et d'une culotte. Elle se figea, l'œil sévère, les sourcils froncés, et défia un moment l'assemblée. Puis, subitement, elle se contorsionna, le corps brisé en deux, rugissante, comme si on lui déchirait les entrailles. Ensuite, elle se mit nue, se badigeonna de peinture rouge en émettant un râle glaçant, se recroquevilla sur elle-même, urina dans une petite coupelle puis se releva pour saluer et se faire applaudir.

C'était donc avec cette femme que je devais m'entretenir...

Je ne m'étais pas tout à fait remis de ce à quoi je venais d'assister. Je demeurai prostré, au milieu des spectateurs, incapable de savoir si je me sentais sale, sali ou bien les deux. Les gens autour de moi semblaient, eux, très décontractés. Une furie rouge venait de pisser devant eux en vociférant et cela ne les avait pas perturbés pour autant.

La bourrasque Zaza Ozou s'était éclipsée. Je me rendis en coulisse et demandai aux organisateurs s'il était possible de m'entretenir avec elle. On partit la prévenir et on me fit patienter. Comment Zaza Ozou allait-elle réagir lorsque je mentionnerai le nom de Mickey ? Allait-elle, furibonde, se jeter sur moi et m'arracher le lobe d'une oreille ? Je parvins difficilement à dissimuler mon anxiété. Quelqu'un me fit remarquer la pâleur de mon visage. Je ne souhaitai pas que la mésaventure du train Paris-Arles se reproduise, je pris donc de grandes inspirations pour me ressaisir.

Zaza Ozou parut enfin. Elle était désormais rhabillée et lançait des sourires timides aux admirateurs venus la féliciter. J'avais du mal à imaginer que la frêle petite souris qui se faufilait craintivement entre les gens était la même personne que celle qui s'était auparavant livrée à des cochoncetés en public.

Elle arriva à mon niveau. Je lui balbutiai alors un compliment maladroit (« bravo pour votre courage », il me semble) et la priai de m'accorder quelques instants.

Un voile de tristesse passa sur son visage lorsqu'elle m'entendit prononcer le nom de Mickey. Ils étaient séparés. Zaza Ozou n'entra pas dans les détails de sa rupture, mais elle semblait lui avoir laissé un goût amer.

– Comment êtes-vous venu jusqu'à moi ?

– Une ex-petite amie de Mickey, Mélanie, s'est permise de m'orienter vers vous, car je n'avais aucun moyen de le joindre.

– Il hérite de beaucoup d'argent ?

– Ça, je ne suis pas habilité à vous le dire et, de toute façon, je ne connais pas encore l'intégralité de l'héritage.

– Parce qu'il me doit pas mal d'argent alors ça pourrait m'intéresser... Je connais d'autres gens que ça pourrait aussi intéresser d'ailleurs...

Derrière sa fragilité apparente, Zaza Ozou dissimulait une vraie détermination. Elle semblait savoir ce qu'elle voulait et ne pas être du genre à se faire dicter sa conduite. Comment avait-elle pu se laisser empoisonner la vie par Mickey ?

Elle poursuivit :

– Pour Mickey, l'argent c'était sale : il ne fallait surtout pas travailler pour en gagner, pas avoir de patron ; par contre, quand il fallait qu'il en emprunte à tout le monde, là, tout d'un coup, l'argent c'était propre. Et après, il réussissait le tour de force de nous faire culpabiliser lorsqu'on lui demandait de nous le rendre...

– On m'a dit qu'il ne possédait pas de téléphone et n'utilisait pas les réseaux sociaux. C'est toujours le cas ?

– Oui. Enfin, à moins qu'il ait changé d'avis là-dessus...

– Est-ce que vous sauriez comment je pourrais le joindre ou comment je pourrais le rencontrer ?

– Quand il s'est cassé de chez moi – après avoir squatté pendant un an – il s'est réfugié chez son meilleur pote, Olivier, à Salon-de-Provence...

– Ah. Avez-vous le contact de cet Olivier ?

– J'ai son adresse. J'ai fait suivre le courrier de Mickey là-bas.

Zaza Ozou chercha les informations dans son téléphone.

– Avez-vous en votre possession une photo de Mickey et, le cas échéant, consentiriez-vous à me la montrer ?

Zaza Ozou hésita un moment puis accepta. Elle fit défiler plusieurs clichés sur son téléphone et en sélectionna un. Sur celui-ci, pris dans un parc ou un jardin, Mickey avait les cheveux en bataille, une boucle d'oreille, un sourire en coin et le regard vif. Il portait un sweat-shirt, un collier en bois autour du cou et affichait une attitude défiante. Il semblait se rire du photographe et, probablement, du monde en général.

Un homme au comportement maniéré s'interposa entre Zaza Ozou et moi. Il souhaitait lui présenter un curateur qui avait énormément apprécié sa performance. La jeune artiste perdit alors ses moyens. Son ami dut la rassurer et lui promettre qu'il l'accompagnerait pour qu'elle ne panique plus.

Zaza Ozou paraissait soudain si fragile. Le doute l'avait envahie. Pour accomplir ses représentations, elle avait indéniablement dû développer une force titanesque pour briser ses peurs et affronter le regard des autres. Où avait-elle puisé ces ressources ? Certainement dans une colère et une souffrance contenues beaucoup trop longtemps. Arrivées à trop forte pression, elles ne pouvaient faire autre chose que de s'échapper. Comme un geyser, ses émotions étaient sorties violemment, durement, mais elles étaient enfin sorties. Et tant pis si cela avait été désagréable pour nous tous. Particulièrement pour moi.

J'étais heureux que mon métier m'ait mené à rencontrer Zaza Ozou. J'aurais souhaité échanger un peu plus avec elle. Même si je ne goûtais guère son style artistique, j'aurais eu beaucoup de questions à lui poser, car sa démarche m'avait fortement impressionné.

Je déambulai dans les allées, l'œil hagard, un verre de vin à la main, et je laissai librement dérouler le fil de mes pensées. J'entrevoyais une correspondance entre l'attitude de Zaza Ozou et celle qui fut la mienne durant ma vie de médiéviste. Je considérais avoir été, comme elle, un rebelle, un élément perturbateur, un anticonformiste. D'une certaine manière, avec ce faux, j'avais élevé ma discipline au rang d'art, et – nul n'est prophète en son pays – j'avais dû affronter en retour la petitesse des hommes et leur étroitesse d'esprit. Vilipendé et moqué comme probablement Zaza Ozou l'avait été durant sa carrière, j'étais moi aussi un incompris. Mon courage et mon originalité n'avaient pas été récompensés à leurs justes valeurs. J'avais indigné mes congénères parce que je n'avais pas souhaité me conformer à leurs mornes principes et suivre leur chemin conventionnel. J'étais, pour ainsi dire, une sorte de Jonathan Livingstone le goéland. Moi, je ne m'étais pas contenté de voler pour manger ; j'avais voulu planer par plaisir, par passion, pour la simple beauté du geste. J'avais voulu améliorer mes performances, sentir le vent s'engouffrer dans mes ailes, l'eau ruisseler le long de mes plumes. Seul contre tous. David contre Goliath. Marc contre le CNRS. Ces imbéciles n'avaient absolument rien compris au médiévisme. Sans prise de risque, l'Histoire est moribonde, elle crève à petit feu. Et, moi, justement, pendant que ces pantouflards macéraient dans leurs querelles byzantines, de l'audace, j'en ai eue ! Ce n'était pourtant pas grand-chose. Ce que j'avais accompli, d'autres, dans leurs disciplines respectives, le pratiquaient tous les jours sans pour autant provoquer le moindre tollé. Lorsqu'un paléontologue reconstitue un crâne, il remplace un trou par du plâtre. J'avais effectué, en substance, la même chose : combler un manque. Viollet-Leduc, lui-même, quand il restaurait un édifice, reconnaissait une part d'invention. Ce ne fut certes pas toujours des plus heureux, mais les monuments furent sauvés de la ruine et son travail salué. Quant à la forgerie de la donation de l'Empereur Constantinople 1er, n'est-elle pas, finalement, entrée dans l'Histoire et étudiée encore aujourd'hui ? Et l'Astrophysique ? Et la Cosmologie ? Les chercheurs doivent bien élaborer des thèses parfois extravagantes pour tenter de saisir l'insaisissable ! Leurs théories alambiquées servent de base de travail et de discussion à d'autres. Et, si jamais, un jour, elles sont invalidées par les observations, il ne viendrait pas à l'idée de ces scientifiques de conspuer leurs collègues. Parce qu'il existe un vrai esprit de cohésion entre eux. Christophe Colomb, l'illustre Christophe Colomb, est célébré dans le monde entier alors que sa découverte est le produit d'une erreur manifeste : il cherchait les Indes, pas l'Amérique ! Et la tarte Tatin ? Viendrait-il à l'esprit de nos contemporains de blâmer les deux sœurs qui ont inventé cette pâtisserie pour l'avoir mise par inadvertance à l'envers dans leur fourneau ? Non, bien évidemment que non ! Et on est venu me chier une pendule pour un vulgaire bout de papier jauni !

Je vomis dans la cuvette des toilettes. J'avais manifestement trop bu. Je repris mes esprits.

Un parfum épicé nargua mes narines et s'enfonça dans la foule. Je le suivis. Il me mena à un stand. Une multitude de personnes s'y agglutinaient pour acheter des empanadas. Je décidai de prendre mon mal en patience et de faire la queue.

CHAPITRE 30

Un grand escogriffe passa sans vergogne devant moi. Je m'apprêtai à lui faire la remarque quand la serveuse, me désignant, l'informa :

– Excusez-moi, mais il me semble que c'était au tour du monsieur derrière vous.

Il se tourna vers moi et s'écria du haut de son mètre quatre-vingt-dix :

– Ça alors ! Ça fait une paye dis-donc ! Comment vas-tu ?

Je lui répondis que j'allais bien en tentant de dissimuler ma surprise. Je ne parvenais pas à me souvenir de cet homme au physique pourtant si particulier. Où avais-je été amené à le fréquenter ? Était-ce un médiéviste que j'avais rencontré à l'époque, lors du colloque d'Aix-en-Provence ? Ou bien l'avais-je connu dans ma récente vie de généalogiste ?

Il m'avait tutoyé et s'était adressé à moi d'un air jovial. J'en conclus que, à une période de notre existence, nous avions été en bonne entente.

Il engagea la conversation. Je ne voulais surtout pas le vexer. Je fis alors mine de le reconnaître.

– Alors ? Quoi de neuf ?

– Écoute, la routine... Dans l'ensemble, ça va bien...

– C'est le principal. Qu'est-ce que tu veux manger ? J'te l'offre.

– Euh... Un empanadas à la viande. Merci, c'est gentil.

En réalité, j'en désirai deux, mais je n'avais pas osé le lui dire. Si jamais il avait décidé de n'en commander qu'un seul pour lui, je serais probablement passé à ses yeux pour un profiteur. Cela aurait terni mes retrouvailles avec cet homme fort sympathique dont j'ignorai tout et qui semblait tout connaître de moi.

Je lui demandai de ses nouvelles par politesse, mais aussi pour tenter de glaner quelques indices sur son identité. Il me parla alors longuement de sa mère qui s'était cassé le col du fémur et pour laquelle il s'inquiétait beaucoup. Il m'apprit également qu'il avait deux enfants. L'aîné, Paul, venait d'être admis dans une école de commerce à Lille ; la cadette, Jeanne, était en classe de Première S et obtenait de brillants résultats.

Je ne parvenais pas à lui attribuer un âge précis. Il me semblait s'approcher sensiblement du mien – quarante-deux ans –, mais il pouvait très bien avoisiner les cinquante ans. Persuadé que je n'arriverais jamais à me remémorer qui il était, je m'apprêtai à trouver une excuse pour m'éclipser, mais il tint absolument à me présenter à sa femme, Emma, et un couple d'amis.

Il passa alors son long bras autour de mon épaule et me fit traverser la salle en s'émerveillant du hasard qui nous avait de nouveau réunis.

— Emma, je te présente Henri. On s'est connu il y a dix ans sur le chantier du Musée des Beaux-Arts de Reims. Je viens de le croiser. C'est dingue cette coïncidence.

Cet homme m'avait donc pris pour un autre. Quel Henri avais-je bien pu être ? Un architecte ? Un chef de chantier ? Un artisan ? Un ingénieur ?

— Ah la la. En plus, il n'y a pas si longtemps je pensais à toi. Je me demandais "Mais qu'est-ce qu'il devient Henri ?". Ah, je suis vraiment ravi de te revoir.

— Moi aussi.

C'était vrai. À défaut d'être ravi de le revoir, j'étais ravi de le voir. Cet homme avait l'air éminemment sympathique.

— Comment tu as trouvé les œuvres, Henri ? Il y avait un peu de tout et n'importe quoi, non ?

— Oui...

— T'as vu la folledingue tout à l'heure ? Celle qui a pissé dans un bol ?

— J'ai vu, oui...

— T'en as pensé quoi ? Il faut tout de même être sacrément azimuté pour faire des trucs pareils, non ?

Je ne me sentais pas lui faire part du cheminement intellectuel que j'avais, depuis, effectué à propos de cette performance. Je ne souhaitais pas me brouiller avec ce nouvel ancien ami. Je me suis alors lâchement rangé à son avis. J'étais Henri de toute façon.

Emma m'interrogea :

— Alors ? Ce n'est pas trop dur de bosser avec Samuel ?

Samuel. Je pouvais enfin poser un prénom sur ce visage rond et jovial.

— Au contraire cela fut un véritable plaisir de travailler avec Samuel ! Enfin, nous ne sommes pas là pour parler boulot ! Je n'ai plus de verre pour trinquer, mais on peut trinquer avec nos empanadas !

Ils rirent de bon cœur. J'étais heureux que mon trait d'humour ait fait mouche.

Le couple d'amis, Isabelle et Gonzague, était charmant. Elle était très grande et lui très petit. Cela les rendait très sympathiques.

— Henri, on ne va pas se séparer comme ça. On va à la soirée d'anniversaire de François Delâtre. L'avocat. Tu le connais, non ?

— À vrai dire, je n'habite pas à Aix-en-Provence, mais à Paris. D'où le grand hasard de se croiser ici !

— Tu me raconteras tout ça. Viens avec nous. Il a un hôtel particulier dément Cours Mirabeau !

Avec Arsène, nous nous plaignions souvent, lorsque

nous nous promenions à Aix-en-Provence, de ne pas pouvoir admirer l'intérieur des hôtels particuliers dont nous contemplions les façades. C'était l'occasion de le faire.

CHAPITRE 31

Émoustillé par notre amitié retrouvée, nous traversions, Samuel et moi, la nuit aixoise comme deux bacheliers se préparent à festoyer jusqu'à l'aube. La ville nous appartenait. Emma, Gonzague et Isabelle nous suivaient, guillerets eux aussi. Je riais fort aux plaisanteries de Samuel et, à chaque fois que cet ogre me tapait dans le dos, je faisais mine de m'envoler. Cela nous amusait beaucoup. Les passants nous toisaient du regard comme si nous étions des adolescents dissipés et bruyants.

Nous fûmes pris d'un fou rire lorsqu'Isabelle nous narra une anecdote savoureuse à propos d'un de ses collègues professeur de Français proche de la retraite. Celui-ci lui avait raconté qu'avec sa compagne – une femme a priori très rigide, gérante d'une librairie œcuménique dans le centre d'Aix – ils étaient allés cueillir des champignons et que, soit par désir d'expérimentation, soit par méconnaissance (son collègue ayant volontairement entretenu le flou à ce sujet, Isabelle ne fut pas en mesure de nous apporter la précision), ils avaient récolté des champignons hallucinogènes. La suite, elle nous l'a dépeint avec un talent rare, en mêlant imitations et pantomimes. Le couple serait passé par tous les états, de l'hilarité convulsive aux crises de sanglots, mais jamais simultanément. Ils auraient fini par contacter le SAMU au petit matin lorsque, selon les dires de l'enseignant, ils en eurent « marre de voir tous les meubles à l'envers ».

Je m'esclaffais exagérément, je m'efforçais de prolonger ce moment joyeux le plus longtemps possible. Je n'avais pas ri de façon si insouciante depuis des années. Je me sentais léger, porté par leur bienveillance, et cela me faisait un bien fou.

Nous arrivâmes devant la porte d'entrée de l'hôtel particulier. Je frétillais d'impatience de pénétrer à l'intérieur. J'avais une furieuse envie de m'amuser et de boire. Une femme enjouée nous répondit à l'interphone et déclencha l'ouverture de la porte dans un éclat de rire.

Alors que mes nouveaux amis se hâtaient de grimper l'escalier, je m'immobilisai dans l'entrée pour m'imprégner des gypseries magnifiques qui parcouraient le plafond.

– C'est incroyable, hein. Et regarde la rampe de l'escalier. Ça, c'est du fer forgé époque Louis XV. C'est dingue. Et encore, mon vieux, tu n'as pas vu l'intérieur !

Je me pressai de les rejoindre à l'étage. Ils étaient en train d'enlacer chaleureusement une femme d'une soixantaine d'années à l'allure aristocratique, probablement celle qui nous avait répondu à l'interphone et ouvert la porte. Son regard se posa sur moi. Samuel me présenta alors comme un vieil ami que la Providence avait mené jusqu'à lui. Elle m'étreignit et nous pria d'entrer.

Samuel avait raison. L'intérieur était somptueux. Trois salons en enfilade, « à la française », rivalisaient en décorations magnifiques : là encore des gypseries, mais aussi de superbes tentures murales et de charmants tableaux qui représentaient, pour l'essentiel, des scènes champêtres et forestières. Les nombreux invités allaient et venaient, certains avaient choisi de s'installer confortablement dans le mobilier style Empire.

Avec mon costume-cravate bon marché et mal taillé, je jurais avec l'ensemble de l'assistance. Samuel ne me laissa pas le temps de me sentir intrus et me glissa entre les mains une coupe de champagne. Avec sa grande taille, son arrivée n'était pas passée inaperçue. Plusieurs convives s'étaient pressés pour l'accueillir. Il gratifia chacun d'un bon mot et me présenta à eux. Ces derniers me saluèrent poliment, mais, très vite, m'écartèrent pour accaparer Samuel. Je me tournai vers Emma pour lier conversation avec elle, mais elle était également monopolisée par des amis. Isabelle et Gonzague, eux, s'étaient déjà éloignés. J'essayai alors de m'insérer dans les discussions d'autres invités, mais je le fis maladroitement, avec souvent un train de retard. De toute façon, je n'avais pas grand-chose à leur dire, et, probablement, eux non plus. Nous n'étions pas du même monde. Ce n'était pas grave. Je ne leur en voulais pas. C'était seulement un état de fait. Je n'avais pas ressenti cette impression depuis longtemps.

Avocate dans un cabinet en droit des affaires très en vue, Clémence était amenée à fréquenter du « beau monde ». Je l'avais souvent accompagné dans ses mondanités. Spectateur privilégié, j'avais alors assisté à ce petit théâtre des vanités et observé chaque personnage se débattre pour s'assurer un destin lumineux.

Les premiers rôles se reconnaissaient aisément à leur morgue, leurs poses de divas, mais aussi à l'émoi qu'ils provoquaient autour d'eux : on les choyait, on les flagornait. Ces têtes d'affiche savaient leur importance. Ils distribuaient les bons et les mauvais points à chacun et répandaient leurs avis sur la politique et la société comme autant de bonnes paroles.

Les seconds rôles, eux, ne semblaient être là que pour une seule et unique raison : tenter de ravir la place aux premiers. En attendant cet adoubement, il leur fallait graviter autour de certains astres, glaner des témoignages de sympathie ou tout simplement faire acte de présence.

Enfin, il y avait les figurants, ceux dont chacun se demandait en les apercevant ce qu'ils pouvaient bien fabriquer ici. J'en faisais partie.

Clémence, elle, se serait probablement rangée parmi les seconds rôles, mais – bien qu'ambitieuse et désireuse de gagner très confortablement sa vie – elle n'était pas mue par un besoin de monter en hiérarchie. Elle se sentait bien à la place qu'elle occupait au sein de son cabinet. Elle avait des « n+1 », des « n+2 », des « n+3 », mais elle était également la « n+1 », la « n+2 », la « n+3 » d'autres personnes. Nous croisions beaucoup de « n » durant ces cocktails.

Habituellement, en arrivant, je balayais la salle du regard pour repérer les figurants. Nous nous reconnaissions immédiatement. Nous avions en commun de méconnaître les codes de ce monde ou de les utiliser de manière malhabile, car nous n'en avions pas été dotés à notre naissance.

Mon père était ingénieur en automobile et ma mère expert-comptable. Je provenais, a priori, de ce que l'on nomme « la classe moyenne supérieure ». Nous ne roulions pas sur l'or, mais nous ne manquions jamais de rien. Clémence, elle, était issue de la grande bourgeoisie. Ces fameux codes, elle les avait acquis depuis le berceau et évoluait désormais avec aisance dans les hautes sphères. Elle en était consciente. Clémence expliquait souvent que, si elle était arrivée là où elle était, c'était parce que, connaissant les règles du jeu, elle avait bénéficié de plusieurs tours d'avance sur celles et ceux qui les ignoraient.

Accompagner Clémence dans ses représentations ne m'avait jamais pesé. Je parvenais difficilement à m'y intégrer, je m'y ennuyais fermement, pourtant je tenais à chaque fois à la suivre. Quelque part, j'y tirais une certaine légitimité. Être à son bras me prouvait qu'elle n'avait pas honte de moi, qu'elle osait m'exposer au monde. En retour, je me montrais sage et effacé.

Lorsqu'elle m'accompagnait dans mes activités professionnelles, Clémence me rendait, en quelque sorte, la pareille.

Le milieu universitaire peut s'avérer très excluant pour quiconque n'en fait pas partie. Il possède lui aussi ses codes, son jargon et la pièce de théâtre qui s'y joue est sensiblement identique : les archétypes de personnages sont les mêmes, seul le décor change.

C'était alors au tour de Clémence de s'ennuyer et de supporter notre morgue et nos sarcasmes. Elle s'entendait cependant à merveille avec Arsène, certainement parce qu'il ne nous ressemblait pas. Arsène avait de nombreux centres d'intérêt et Clémence pouvait converser avec lui sans risquer de se sentir moins intelligente ou moins cultivée. C'était, il me semble, l'impression que nous donnions à certains. Notre ton pouvait facilement virer à la condescendance et nous avions une fâcheuse tendance à émettre des jugements définitifs qui ne souffraient pas les avis contraires.

Rétrospectivement, je pense que Clémence et moi, nous étions heureux de nous montrer nos réussites respectives. Chacun avait vu l'autre évoluer, travailler d'arrache-pied, se décourager puis tenir bon; nous étions désormais soulagés de nous voir tous les deux recueillir les fruits de nos efforts.

CHAPITRE 32

Ma flûte de champagne ne restait jamais vide. Je m'arrangeais toujours pour la tendre à un serveur ou bien je prenais l'initiative d'aller me faire servir au buffet. C'est lors d'un de ces allers-retours que je perdis de vue mes compagnons.

Je déambulai dans les trois salons à leur recherche sans succès. J'en vins à la conclusion qu'ils s'étaient éclipsés sans me prévenir. L'un d'entre eux s'était peut-être senti mal et avait demandé aux autres de le raccompagner. Il me restait dorénavant à profiter pleinement de cette soirée. Seul. Ma chambre d'hôtel se situait à proximité et la regagner ivre me semblait une perspective alléchante.

Les convives devisaient entre eux, par grappes, et je ne parvenais jamais à m'immiscer dans leur conversation. J'avais l'impression qu'ils faisaient corps pour m'empêcher de les rejoindre. Si d'aventure une brèche apparaissait dans leur groupe, elle était immédiatement colmatée par un grand pingouin. Je trouvais ce comportement fort désobligeant et je regrettais que mes amis soient partis. Quelque part en France, un Henri reçut peut-être le lendemain matin un message d'excuse de la part de Samuel et s'en étonna...

L'alcool me montait à la tête. Mon sourire crispé devait s'apparenter à un rictus atroce, car les convives me regardaient avec commisération et effectuaient un pas de côté lorsque je les croisais. Je devais aussi probablement marcher de moins en moins droit, car j'avais renversé deux verres : l'un sur le tailleur d'une dame qui avait poussé un cri ; l'autre sur un octogénaire qui somnolait dans un fauteuil et s'était réveillé à cette occasion.

Alors que je quémandais au buffet une nouvelle rasade de champagne, un bellâtre gominé me conseilla d'arrêter de boire. Je ne me rappelle plus exactement ce que je lui ai rétorqué, mais je me souviens l'avoir entendu dire « je ne vois pas ce que ma mère a à voir là-dedans » avant de tourner les talons. Je bus d'une traite ma coupe de champagne et, jugeant le barman peu motivé à venir me servir à nouveau, je m'emparai d'une bouteille. Certains convives semblaient répugner à me voir boire au goulot. Je n'en avais que faire. C'était ma soirée. J'observai maintenant avec exaspération cet agglomérat d'élites autosatisfaites. Cet entre-soi me faisait bouillir. J'avais l'impression de me tenir devant les clones de ceux qui m'avaient honni quelques années auparavant. Je les devinais me narguer, bien englués dans leurs certitudes, leur morgue, leurs fausses pudeurs, leurs sourires cyniques, leurs gestes guindés. Ils me jugeaient. Je le sentais. Je le voyais. Je n'étais pas assez ceci, ou trop cela pour eux.

Une idée me traversa l'esprit : reproduire la performance de Zaza Ouzou au milieu de cette assemblée. Je m'imaginai me dénuder, m'enduire de peinture et uriner dans une coupe de champagne. Mieux : j'allais déféquer devant eux, souiller leur belle soirée avec mon immondice. Cette pensée m'enchanta et je me mis à ricaner convulsivement. Un périmètre de sécurité se forma alors autour de moi. Les visages des invités semblaient fondre sous l'effet de l'épouvante comme de la cire au soleil. Des voix déformées parvenaient à mes oreilles, dégoulinantes et pâteuses : « Qu'est-ce qu'il a à rire comme un maniaque celui-là ? », « Quelqu'un le connaît ? ». Je desserrai ma ceinture, déboutonnai mon pantalon et me mis à effectuer une danse du ventre pour le faire descendre au niveau des genoux.

J'étais le fou du roi, j'allais régaler le seigneur et ses vassaux d'une farce grotesque. C'est ce qu'ils attendaient de moi, la raison pour laquelle j'avais été convié à ce banquet. Je m'écriai : « Oyez, oyez ! Faites place ! Votre bouffon s'en vient vous divertir ! Ménestrels, accordez vos psaltérions, sortez vos trompettes, et vos chalumeaux ! Braves gens, festoyons ! »

Un jeune homme m'agrippa par le coude. Je vis la porte se rapprocher progressivement de moi lorsque l'hôte de la soirée – le fameux François Delâtre – monta sur une chaise et commença à faire une allocution. Je profitai de cette diversion pour échapper à mon cerbère et me cachai derrière un homme qui ressemblait énormément à Édouard Balladur.

Le discours était ronflant : remerciements à tout le monde, pensées pour sa famille et particulièrement pour son épouse, etc. Bercé par la voix traînante de l'orateur, je posai délicatement ma tête contre l'épaule du sosie de l'ancien premier ministre. Instinctivement, il se décala, songeant que j'avais effectué ce geste par inadvertance puis, lorsqu'il sentit ma joue se placer à nouveau contre lui, il comprit que ce n'était pas le cas. Il donna alors plusieurs coups d'épaule pour se débarrasser de moi, mais je m'agrippai à lui. Il s'énerva :

— Enfin, Monsieur, qu'est-ce qu'il vous prend ? Un peu de tenue, voyons ! Arrêtez !

Je me mis alors à imiter Édouard Balladur en lui répétant à plusieurs reprises et de plus en plus fort :

— Je vous demande de vous arrêter ! Je vous demande de vous arrêter !

Cela ne le fit pas rire. Excédé, il se réfugia à l'autre bout de la pièce.

Des applaudissements retentirent. Je battis alors des mains de concert avec les convives sauf que, lorsque tout le monde cessa pour laisser le maître de maison poursuivre son discours, je continuai d'applaudir. L'assistance se tourna vers moi, stupéfaite. L'hôte, très décontenancé, tenta de faire un trait d'humour. Il feignit de s'étonner que sa prise de parole puisse connaître un aussi franc succès. Cela ne calma pas mon ardeur. Les mains me brûlaient à force d'applaudir comme un forcené. Autour de moi, la gêne laissa place à la stupeur et la stupeur à l'effroi.

Le cerbère que j'avais préalablement semé se précipita vers moi :

– Il fait chier tout le monde depuis tout à l'heure ! Il est bourré comme un coing !

Des voix s'élevèrent pour ordonner de me faire partir. Je fus empoigné par la nuque et chassé vers la sortie. Dans l'escalier, je crois que j'applaudissais encore, le pantalon baissé.

CHAPITRE 33

L'air frais me fit du bien. J'étais vivifié. Je marchai en admirant les ombres danser sur les façades des bâtisses et en écoutant le vent frémir dans les arbres. La fontaine de la Rotonde m'offrit un spectacle réjouissant. J'assistai, ému, au charmant ballet de ses jets d'eau. Ses statues semblaient s'animer et m'ouvrir leurs bras.

Quatre jeunes gens m'accostèrent pour me demander leur chemin. Je ne connaissais pas le « Bar des pirates », encore moins l'endroit où celui-ci se situait, mais cette bande me parut fort sympathique. Je décidai alors d'engager la conversation avec eux. Je les questionnai sur leurs études et sur le métier qu'ils souhaitaient exercer plus tard. Je ne me souviens plus de leurs réponses. Je ne les avais probablement pas écoutées, car, ce qui me sembla important sur le moment, c'était de leur parler de la vie. Ces jeunes gens étaient au seuil de leur existence et allaient devoir faire prochainement des choix. Il était primordial, selon moi, qu'ils fassent les bons. J'insistai alors sur un point :

— Toutes nos décisions dans la vie doivent être avant tout guidées par la passion. La passion. Avant tout, la passion. La passion doit être la source à laquelle nous devons nous abreuver, le foyer auquel nous devons nous réchauffer si jamais le doute vient à nous étreindre.

Je leur répétai ce précepte un très grand nombre de fois, comme un mantra :

— La passion. Avant tout, la passion... La passion. Avant tout, la passion...

Je crus primordial de partager avec eux mon expérience. Au collège et au lycée, à l'âge où l'on se préoccupe généralement du présent et de la modernité, certains camarades s'étaient gaussés de mon engouement pour le Moyen-Âge. Je n'y avais accordé aucune importance. Obnubilé par ma passion, j'avais tracé mon chemin. Je conseillai alors à ces jeunes badauds de suivre le leur, mais de prendre bien garde à ne pas se spécialiser trop tôt dans leur cursus. Je me citai en exemple : moi-même, j'avais dû apprendre à naviguer entre plusieurs disciplines pour ne pas m'enfermer dans un domaine, ce qui aurait considérablement restreint mon champ d'études et mon plaisir. J'avais conjugué ainsi de nombreux savoirs en Histoire, en art, en philosophie, mais aussi en paléographie, en codicologie, et en philologie. Je leur expliquai ce qui se cachait derrière ces mots compliqués, puis, les yeux fermés, je leur répétai :

– La passion... La passion... La passion...

Les jeunes gens voulurent reprendre leur route. Je me sentais bien en leur compagnie. J'insistai alors pour les suivre et continuer la soirée avec eux. Leur réaction fut incompréhensible : ils s'assombrirent aussitôt et me repoussèrent sauvagement. Les jeunes sont parfois très versatiles.

Je poursuivis alors mon chemin, flâneur, en interrompant ma marche pour admirer ici un porche, là une sculpture. Au détour d'une ruelle, je fus brusquement aveuglé par les néons criards d'une devanture de bar. Je m'approchai, attiré comme un insecte par la lumière, et me collai contre la baie vitrée.

À l'intérieur, un couple entre deux âges participait à un karaoké et vociférait les paroles d'une chanson sous les encouragements d'une vingtaine de clients.

– *Laisse les gondoles à Venise, le printemps sur la Tamise...*

Un geste et un sourire de la propriétaire suffirent pour me jeter dans ce feu de joie. Je commandai aussitôt un whisky et me plaçai au bout du comptoir.

Une jeune fille saisit le micro et entonna une chanson à la mode, que je ne connaissais pas, et qui, malgré des paroles ineptes, s'avéra très entraînante. Elle chantait juste et possédait une jolie voix. Une petite ovation lui fut réservée. Le tour vint ensuite à un quinquagénaire bodybuildé. Il surprit tout le monde en fredonnant craintivement « Pour que tu m'aimes encore » de Céline Dion.

— Bah, alors ! 'Faut chanter ! 'Faut pas faire ton timide !

Elle s'était assise à côté de moi comme on entre sans frapper. Elle avait les cheveux blonds frisés et semblait avoir dans les quarante-cinq ans, peut-être un peu plus. Elle, c'était Cathy.

— Tu ne chantes pas non plus…

— J'ai déjà chanté plein de fois ! Là, j'fais une pause. J'adore chanter. Ça m'détend. Je libère toutes mes émotions d'un coup et je n'pense à rien d'autre. Tu ne chantes jamais, toi ?

— Si. Parfois.

— Tu chantes quoi ?

— Je ne sais pas. Des choses…

— Bon. On va voir ce que tu vas chanter.

Cathy agrippa un classeur et, en tournant les pages, me cita plusieurs titres de chanson. Je compris qu'il n'y aurait pas d'échappatoire. Je jetai alors mon dévolu sur « Elle préfère l'amour en mer » de Philippe Lavil, dont j'apprécie beaucoup la mélodie.

J'avais le trac. Cathy s'en amusa.

— Tu veux entamer une carrière de chanteur ?

— Non.

— Alors, déstresse. Tu t'en fous. C'est juste une chanson.

Effectivement, ce n'était qu'une chanson. Je ne connaissais personne dans ce bar, je n'avais rien à craindre et Cathy m'encourageait. J'avais senti, au cours de la discussion, sa main se poser furtivement sur ma cuisse.

Je montai sur l'estrade. La musique commença. Je me mis à claquer des doigts et à me déhancher comme une vahiné en suivant le tempo de la mélodie.

– Elle danse, balance, sur le pont rouillé d'un cargo. Elle aime le vent et tout ce qui porte un drapeau...

Les clients du bar m'accompagnaient en frappant dans leurs mains. J'entrevoyais dans leurs sourires beaucoup de bienveillance. J'étais porté. Durant le refrain, je pointai mon doigt vers Cathy à la façon d'un crooner qui distingue une groupie dans la salle lors d'un tour de chant. Je fus acclamé et bissé.

Je ne me fis alors pas prier et choisis immédiatement une autre chanson dans le catalogue : « Ça plane pour moi » de Plastic Bertrand. Dès les premières notes, je me mis à sautiller, comme électrifié, en entonnant avec une voix de canard :

– *Wam ! Bam ! Mon chat, splatch, gît sur mon lit, a bouffé sa langue en buvant mon whisky. Quant à moi, peu dormi, vidé, brimé...*

J'étais en nage. Le public, lui, était hilare. Un jeune homme coiffé en brosse riait tellement qu'il finit par suffoquer. Ovation à nouveau. Saluts. Fierté.

Cathy me félicita :

– Bah, dis donc, t'as assuré le show !

J'appréciais sa compagnie. Elle ne me demandait pas ce que je faisais seul ici, non plus si j'étais originaire d'Aix-en-Provence, et encore moins ce que je faisais dans la vie. Cela me convenait parfaitement. Nous étions tous les deux là parce que nous étions là.

Lorsque Cathy me parlait, elle se rapprochait de mon visage. Je frôlais ses cheveux. Je humais son parfum. C'était agréable. Je sentais que quelque chose était en train de se passer.

Au lieu de baisser les yeux, comme souvent, je décidai de soutenir son regard. Elle posa son avant-bras le long de sa cuisse. Je fis de même. Nos genoux se frôlaient. J'hésitai sur la façon d'accomplir le geste puis me lançai : je lui pris la main. Elle sourit. Je sentis ses doigts se refermer doucement sur les miens. Je voulus l'embrasser. Cathy eut alors un mouvement de recul :

– Viens, on va faire un duo !

Elle se leva et m'entraîna sur la piste en me tirant par la main. Elle choisit la chanson « Besoin de rien, envie de toi ».

Cathy vivait ce moment intensément. Avec un micro pour deux, la proximité était plus grande. Le malaise aussi. Ma partenaire me mangeait des yeux et collait sa lourde poitrine contre moi. Pour dissimuler ma gêne, je me mis à m'égosiller et à me dandiner de façon ridicule. Cathy me prit alors fermement la main, fronça les sourcils pour me signifier de cesser mes simagrées et plaça mon bras autour de sa taille. Elle amorça une danse très lascive, peut-être un peu trop, car des blagues graveleuses fusèrent du fond de la salle. Nous étions dans une bulle. Seuls. Elle et moi. Enlacés. Les autres, le monde, la réalité, les problèmes n'existaient plus. Nous nous embrassâmes comme deux collégiens. J'avais l'impression de devenir un être tentaculaire. Avec mes dix mains, je massai chaque partie du corps de Cathy. Elle émit un gémissement dans le micro. Quelqu'un coupa brusquement la musique. Des clients, offusqués, se mirent à nous houspiller et à nous éclabousser avec de l'eau et des glaçons. La patronne nous exhorta à aller poursuivre nos « saloperies » ailleurs. Ce que nous fîmes.

CHAPITRE 34

L'appartement de Cathy se situait à proximité. C'est ce qu'elle me susurra lors d'une étreinte trop pressante contre la grille d'un magasin.

J'étais dans un état second. Je retrouvais des sensations qui avaient hiberné depuis si longtemps que je ne pensais plus pouvoir les éprouver un jour. Les choses me semblaient soudain si faciles, si évidentes que je me demandais comment elles avaient pu me tourmenter à ce point auparavant.

Depuis le départ de Clémence, certes ma libido était en berne, mais elle n'avait jamais été flamboyante non plus. Cathy était la femme que j'aurais dû connaître à mes dix-sept ans. Ma vie en aurait été probablement bien différente. Peut-être aurais-je cessé de m'intéresser au médiévisme – une discipline qui compte dans ses rangs une multitude de puceaux et de frustrés – et me serais-je lancé dans une carrière de chanteur de variété ?

Cathy se montra très démonstrative. Ses encouragements, lors de nos ébats, me poussèrent à redoubler d'efforts. Dans l'action, elle me mordit l'oreille et me lacéra le torse avec ses ongles. J'avoue avoir été surpris. Pensant qu'il s'agissait d'un jeu érotique, je la griffai à mon tour. Elle hurla de douleur. Je m'excusai alors, penaud, et mis en sourdine mes ardeurs pour terminer cette affaire.

Nous restâmes ensuite un long moment, enlacés et silencieux, à contempler le plafond. La respiration lente de Cathy me berçait. Je fermai les yeux et m'endormis, serein.

Le lendemain, en me réveillant, Cathy n'était plus à mes côtés. Il était onze heures du matin.

J'enfilai mon caleçon, mon T-shirt et, vaseux, je me levai. Une odeur alléchante de pain grillé provenait du fond du couloir. Cathy était vraisemblablement en train de préparer le petit-déjeuner.

– Bonjour. Enchanté. Moi, c'est Richard.

Ce n'était pas Cathy, mais un homme trapu d'une cinquantaine d'années qui s'adressait à moi cordialement.

– Cathy est partie travailler. Elle n'a pas osé vous réveiller. Qu'est-ce que vous prenez ? Du café ? Du thé ?

– Du thé, s'il vous plaît.

Je m'assis en face de lui, quelque peu désarçonné.

– Ma femme m'a dit le plus grand bien de vous.

– Votre femme ?

– Oui, Cathy.

Une sueur froide me parcourut le corps.

– Désolé, hier, j'étais un peu charrette sur un dossier. J'ai fini tard. Je n'ai pas pu vous rejoindre...

– Au karaoké ?

– Non. Au lit. Quand je me suis pointé, vous étiez déjà en train de ronfler...

Je devais m'échapper au plus vite de ce traquenard. J'étais passé à deux doigts de me retrouver dans une situation sordide. Que se serait-il passé si « Richard » n'avait pas été accaparé par son travail et nous avait rejoints dans la chambre ? L'éventail des possibilités me donnait la nausée. Je ne voulais plus boire son thé. Je ne voulais plus être assis en face de lui. Je ne voulais plus voir son sourire libidineux.

Je m'apprêtai à m'enfuir en prétextant une urgence quand j'entendis la porte d'entrée s'ouvrir. Cathy pénétra dans la cuisine, un sachet de viennoiseries dans la main.

– Qu'est-ce qu'il se passe, Marc ? On croirait que t'as vu

un fantôme !

Richard s'esclaffa.

– C'est parce que je lui ai fait croire que j'étais ton mari et qu'on était échangistes !

Cathy éclata de rire à son tour. Elle m'informa que Richard était son colocataire et qu'il était d'humeur très farceuse. Je fis mine de considérer cette plaisanterie très amusante, mais, en réalité, je ne la trouvais pas drôle du tout.

Était-ce à cause de cette blague débile ? Était-ce l'effervescence de la veille qui était retombée ? Cathy me plaisait désormais beaucoup moins. Ce sentiment semblait d'ailleurs être réciproque. Je la sentais distante avec moi, beaucoup moins attentionnée. Finis la proximité, la tendresse et les regards appuyés. Le jour levé, tout s'était envolé.

Sur le pas de la porte, nous nous embrassâmes et nous échangeâmes nos numéros de téléphone en nous promettant de nous appeler « à l'occasion ».

Dehors, le soleil inondait la rue.

CHAPITRE 35

Fabrice m'avait laissé un message sur le répondeur vocal de mon téléphone. Il souhaitait savoir si tout se passait bien de mon côté.

Il s'inquiétait probablement, car ce n'était pas dans mon habitude de rester muet aussi longtemps lorsque j'étais en déplacement. En temps normal, j'appréciais lui faire quotidiennement des comptes rendus souvent inutiles, mais qui me permettaient de mieux organiser ma pensée. Je l'appelai pour le rassurer : mon enquête avançait et j'allais prendre le temps de travailler sur les autres dossiers en cours.

Dans un café de quartier, je me lançai dans des investigations sur Olivier, l'ami chez lequel Mickey se serait réfugié après avoir quitté Zaza Ozou. Je souhaitais débusquer son numéro de téléphone pour m'assurer que Mickey se trouvait bien toujours chez lui et éviter un trajet inutile. Mes recherches s'avérèrent infructueuses. Je pris donc la décision de me rendre à Salon-de-Provence.

Une heure plus tard, je stationnai devant le lotissement d'Olivier.

— Je suis dans le jardin ! Passez par le portail !

Je découvris un homme vigoureux, la petite quarantaine, affairé à bêcher la terre. Il m'informa qu'il souhaitait planter des panais à cet emplacement. Son potager commençait à avoir, selon lui, « de la gueule » : il cultivait quinze sortes de légumes et six plantes aromatiques différentes.

— Mickey, il est parti il y a deux mois. Il n'est plus chez

nous.

– Ah bon ? Décidément, il est très nomade... J'ai du mal à mettre la main sur lui.

– Ah ! bah, ça, c'est Mickey, hein. Là, il est parti vivre dans la ZAD de Brignoles, mais ce n'est pas dit que demain il soit ailleurs. Il a la bougeotte. Il n'aime pas trop se poser.

– Qu'est-ce que c'est que ça "la ZAD de Brignoles" ?

– Une zone à défendre. Vous n'en avez pas entendu parler ? Ils veulent construire une grosse zone commerciale sur des terrains agricoles alors forcément les gens gueulent.

– Et qu'est-ce qu'il a été faire là-bas ?

– Bah, gueuler.

– D'accord...

– J'ai vu les images à la télé. Ils se sont fait un coin sympa. Il y a des cabanes, des tentes... Ça a l'air cool. Moi, je n'aurais pas eu ma femme et mes gamins, je l'aurais certainement suivi.

Le portail s'ouvrit brusquement et deux enfants en liesse accoururent vers Olivier. Leur mère les suivait.

– Je vous présente Milo et Anna. Et voici mon épouse, Adeline.

J'informai la nouvelle arrivante de la raison de ma venue. Elle ne fut pas en mesure de m'en dire davantage sur Mickey, mais me proposa un café que j'acceptai volontiers.

Elle était ergothérapeute, lui luthier et ils avaient l'air très amoureux. J'aimais leur façon de se regarder, l'attention qu'ils semblaient porter l'un à l'autre. Leurs enfants étaient rayonnants. Un bonheur exquis régnait dans cette maisonnée et avait engendré deux charmants bambins. Cette famille me paraissait avoir été coulée dans le moule de la perfection. J'admirais béatement ce chef-d'œuvre de la nature et, probablement frappé par le fameux syndrome de Stendhal, je me mis à pleurer. À chaudes larmes.

Olivier et Adeline, décontenancés, s'inquiétèrent de mon état et me proposèrent de rester dîner en leur compagnie. J'acceptai et les remerciai de leur extrême bonté.

Nous nous installâmes dans leur salon et dégustâmes un gigot d'agneau succulent. Ensuite, nous fîmes plusieurs parties de « Dessinez, c'est gagné » avec les enfants puis, lorsqu'il fut l'heure d'aller au lit, Olivier et Adeline m'apportèrent des draps propres et m'accompagnèrent à une chambre d'ami. Ils mirent également à ma disposition une serviette de bain pour ma toilette du lendemain.

CHAPITRE 36

Le lendemain matin, ce couple épatant me servit un petit-déjeuner d'exception (quelle bonne idée d'ajouter de l'aneth aux œufs brouillés !) et, après avoir joué une partie de cache-cache avec les enfants et aidé Olivier et Adeline à étendre leur linge, ce fut à regret que je dus prendre congé de cette merveilleuse famille. Olivier m'indiqua sur une carte l'endroit où la ZAD s'était installée et je pris la route.

Mickey avait dû se sentir comme un coq en pâte durant son séjour ici. Avait-il été aussi ingrat avec eux qu'avec les autres ? Lorsque je m'étais risqué à aborder son sujet avec Olivier, celui-ci s'était contenté de dire laconiquement : « Mickey est spécial... »

À mi-parcours, je pris conscience que, si je débarquais dans la ZAD avec mon costume-cravate, les militants risquaient de me prendre pour un fonctionnaire de l'État et de me refouler. Je devais absolument changer d'accoutrement.

Je m'arrêtai alors dans un magasin de vêtements et fis l'achat d'un pantalon treillis, d'un sweat-shirt à capuche et d'une paire de chaussures de randonnée. M'apercevoir ainsi déguisé dans le miroir de la cabine d'essayage m'enchanta. Je m'amusai alors à prendre des poses décalées et à les photographier avec mon smartphone. J'envoyai ensuite ces clichés à mes parents. Quelques instants plus tard, je reçus de leur part un SMS qui comprenait seulement un point d'interrogation.

Un détail clochait dans mon apparence. Ce brushing impeccable que j'affectionnais tant et que je portais comme une gloire capillaire depuis mon adolescence jurait fortement avec l'ensemble de ma nouvelle allure. Je devais remédier à cela.

Je trouvai alors un coiffeur à proximité et lui demandai de me raser la tête. Le jeune homme saisit une tondeuse et, en quelques gestes, fit choir d'épaisses mèches de cheveux au sol. J'observais cette mue se développer quand, soudain, je me redressai sur mon siège et m'écriai :

– Ne touchez plus à rien ! C'est parfait !

Dans le miroir m'était apparu le portrait fidèle de Nicolas Rolin tel que Jan Van Eyck l'immortalisa dans son ex-voto conservé au Musée du Louvre ! L'expression du visage du chancelier de Philippe Le Bon m'avait toujours fasciné. Agenouillé devant une vierge à l'enfant et un ange, les mains jointes, il émane de cet homme une autorité naturelle qui impose le respect à l'observateur, mais aussi une sérénité troublante, une intelligence aiguë, et une profonde humilité. À défaut de conjuguer toutes les qualités de Nicolas Rolin, j'étais ravi de partager avec lui sa coiffure.

Le jeune homme tomba des nues :

– Vous êtes vraiment sûr ? Ça fait chelou quand même cette espèce de coupe au bol avec la nuque et les tempes rasées…

– Sûr et certain ! Combien vous dois-je ?

– Rien. Je vous demande juste de ne pas dire que vous êtes venu dans mon salon de coiffure, s'il vous plaît…

Je sortis satisfait de ma nouvelle coupe de cheveux. Je fis une photo avec mon téléphone, l'envoyai à mes parents et repris la route.

Je reçus presque instantanément un appel affolé de ma mère et de mon père. Je tentai de les rassurer, mais la conversation s'envenima rapidement. Mon père se mit à vociférer que j'étais tombé sur la tête, qu'on aura tout vu et qu'il était temps que j'accepte de me faire soigner. Je me braquai alors et l'envoyai paître.

Ma mère prit le combiné et, d'une voix douce, me murmura :

– Ton père ne te dit pas cela pour t'énerver. On est conscient que tu es malheureux depuis tout ce temps. Nous, ce qu'on veut, avant tout, c'est que tu finisses par aller mieux.

Je lui répondis que, justement, j'allais mieux, que je le sentais dans mon corps et dans mon être. Mes parents concédèrent alors que j'avais une meilleure voix, mais s'avouèrent inquiets de ne pas me trouver dans mon état normal.

J'explosai :

– Forcément, mon état normal, c'est de vivre en catimini, de raser les murs pour que, surtout, personne ne me remarque ! Ça va faire huit ans que je porte la honte et la rage d'avoir fait cette connerie et gâché ma vie. Et ça pèse une tonne putain ! Là, depuis quelques jours, j'ai l'impression que le poids a diminué. C'est vachement plus léger. Je me redresse. Alors, mon "état normal", je l'emmerde !

Un silence s'ensuivit puis mes parents me déclarèrent que, si effectivement c'était le cas, ils étaient heureux pour moi. Mon père, blagueur, me supplia néanmoins de ne pas me teindre les cheveux en vert. Je ris et le lui promis. Je n'aime pas me disputer avec mes parents.

CHAPITRE 37

La ZAD se situait à cheval entre un grand terrain à l'herbe sèche et une forêt d'arbres touffus. Le campement, constitué de cabanes de fortune et de tentes de tailles différentes, était très animé. Certains occupants s'affairaient à confectionner des banderoles, d'autres cuisinaient, jouaient d'un instrument de musique ou se tournaient les pouces. L'ambiance était joyeuse.

J'arpentai les allées à la recherche de Mickey en dévisageant chaque militant. Avec ma nouvelle apparence, je me fondais très bien dans cette tribu. J'avais visé juste. Leurs codes vestimentaires se voulaient alternatifs, mais, finalement, ils étaient des marqueurs sociaux comme les autres. Ils n'avaient rien à envier à ceux des bourgeois de Saint-Nicolas-du-Chardonnet. Les casquettes, keffiehs et baggys des uns étaient les serre-têtes en velours, pulls sur les épaules et chaussures bateaux des autres. Seule ma coiffure attira quelques commentaires. Un militant rigolard me surnomma « Godefroy de Montmirail ». Je pris la chose avec humour. De toute façon, je n'avais pas le choix.

– Tu cherches quelque chose ? J'te vois regarder partout, là…

Je sursautai et me retournai. Un jeune avec des dreadlocks me faisait face. Je devais paraître incognito. Je modifiai alors ma voix pour lui répondre et m'efforçai de prendre un air qui me semblait cool. Les réminiscences des chansons de reggae entendues durant ma jeunesse me furent d'un grand secours pour parfaire mon camouflage.

– Hey. Ouais, t'as grave raison. J'suis à la recherche d'un

mec qui s'appelle Mickey. Tu connais ?

– Non, ça ne me dit rien.

– Il m'a dit de le rejoindre pour sauver Pachamama terre nourricière et lutter contre Babylone.

– C'est bien. Plus nous sommes nombreux dans la mobilisation, plus nous aurons de chance de faire plier les décideurs.

– Ouais. Tiens, j'vais t'montrer une photo d'Mickey et tu vas m'dire si tu l'as vu dans les parages.

Je sortis de ma poche mon smartphone et, ce faisant, je me rendis compte avec effroi que cet accessoire dernier cri et fort onéreux risquait d'anéantir ma couverture. Je devais me justifier.

– Ouais, je sais, c'est le dernier iPhone, mais... On me l'a offert. C'est un cadeau.

– Il n'y a pas de problème.

– Si tu veux, j'le casse. J'prends la pierre qui est là, et j'l'explose.

– Non. Pas du tout. Ne fais pas ça. Notre combat va au-delà du bien matériel à proprement dit qui, de toute façon, est devenu un bien usuel pour tout à chacun. Il s'agit avant tout de changer de paradigme et de redonner du sens à notre société.

Je m'étais mépris sur ce jeune homme et je me sentais soudain stupide avec mon sabir de rastafari. Je devais néanmoins continuer à l'employer pour ne pas éveiller de soupçons.

– OK, je capte ce que tu veux dire. Tiens, mate la photo et dis-moi si tu l'reconnais.

– Ah oui. Je vois bien qui c'est. Tout à l'heure, il s'occupait de la boulangerie. Peut-être qu'il y est toujours.

– La boulangerie ?

– Oui. On fait notre pain.

Mickey était donc là. Je me hâtai vers la boulangerie,

en réalité une vieille bâtisse dans laquelle avait été aménagé un four à pain. Une jeune fille, couverte de nombreux piercings et de tatouages, s'affairait à disposer des baguettes. Elles avaient l'air croustillantes et me donnaient envie. J'avais faim.

Je commis alors la bévue de demander à la boulangère si elles étaient gratuites. À son regard, je compris immédiatement que les choses allaient mal tourner. Elle se mit en colère. Un attroupement se forma rapidement autour de moi. Je fus vivement pris à partie. On me reprocha de ne pas respecter la valeur travail et d'être un parasite. Deux filles m'accusèrent d'avoir prévalu de « mes grosses couilles » face la boulangère. Selon elles, je ne me serais jamais comporté de la sorte s'il s'était agi d'un homme. Je tentai alors de me justifier en arguant qu'il s'agissait d'une plaisanterie et que je comptais bien payer ma baguette. J'obtins en réponse des soupirs dédaigneux et chacun retourna vaquer à ses occupations.

Je fus vexé par leur attitude, mais j'avais désormais le champ libre pour interroger la boulangère. Je prétextai chercher Mickey pour lui demander un service.

— Mickey ? Il vient de partir à la Mairie.

— Quelle Mairie ?

— À ton avis.

— Je ne sais pas... Celle de Brignoles ?

— Bah, oui.

— Qu'est-ce qu'il est parti faire là-bas? Il a un rendez-vous ?

— Ah, ah. Un rendez-vous... Ouais, c'est ça. Un rendez-vous avec la manif', oui !

— D'accord, merci. Je vais t'ACHETER une baguette, s'il te plaît.

— T'arrêtes de faire le malin.

— Je ne fais pas le malin.

– Si. T'as fait exprès d'appuyer sur le mot "acheter".

– Je ne m'en suis pas rendu compte…

– C'est ça. Fous-toi d'ma gueule en plus. Allez, prends ta baguette et casse-toi.

Un peu plus loin, un vieillard ébouriffé étalait sur une planche des rondelles de charcuterie. Je m'approchai de lui et lui demandai s'il acceptait de me vendre quelques tranches de saucisson pour que je puisse me confectionner un sandwich. Il s'indigna de ma proposition, se mit à fustiger la société marchande et m'envoya balader. Je ne comprenais décidément pas ces gens. Il était temps pour moi de déguerpir d'ici.

CHAPITRE 38

Une centaine de militants étaient massés devant la mairie. Face à eux, une trentaine de CRS prenaient leur mal en patience. L'atmosphère était plutôt calme et bon enfant.

Je m'approchai d'un jeune homme qui brandissait une banderole.

– Salut. Est-ce que tu sais où se trouve Mickey ?

– Ouais, il est dans les parages. Tiens, tu n'veux pas m'tenir la banderole deux minutes, s'il te plaît ? J'vais me chercher une bière.

Je n'eus pas le temps d'accepter ou de refuser qu'il me mît la banderole entre les mains. Je fis alors la connaissance, à l'autre bout de celle-ci, de Nadine, une ex-soixante-huitarde très sympathique. Elle m'encouragea à scander des slogans. Je m'exécutai timidement puis, progressivement, je me pris au jeu. Certains cris de ralliement étaient amusants.

Une fille aux cheveux bouclés et avec de grosses lunettes prit un mégaphone et siffla la fin de la récréation. Elle commença à lire un texte de revendication qui me sembla être une phrase unique dénuée de ponctuation.

Trouvant le temps long, je me mis à chercher du regard le resquilleur de la banderole pour qu'il vienne la récupérer. J'en avais assez de la tenir et mon bras fatiguait. Je finis par l'apercevoir, à une dizaine de mètres, en train de siroter allègrement sa bière en compagnie de deux amis. Il ne me remarquait pas ou bien m'ignorait. Cela m'agaça. Je lui fis alors un signe de la main et, instantanément, je vis l'assemblée se tourner vers moi et me dévisager. La fille au mégaphone me fixait également.

– Oui ? On t'écoute.

– Comment ?

– Viens donner ton avis.

– Non, non. C'est bon. Merci.

– Ah, non. Il ne suffit pas de lever la main pour dire qu'on n'est pas d'accord. Il faut apporter des arguments.

– Non, mais c'était... En fait, je suis d'accord.

– Aie le courage de tes opinions. On est dans une discussion et on a le droit de ne pas être d'accord. Allez, viens. N'aie pas peur.

Des encouragements s'élevèrent dans la foule et je fus poussé vers le mégaphone. Je n'eus pas d'autre choix que de prendre la parole d'une voix mal assurée.

– Bonjour... Je... En fait, je suis d'accord en grande partie avec ce qui a été dit. Tout cela me paraît très sensé et... Je pense que ce que les promoteurs veulent faire – cette histoire de gros centre commercial –, c'est un véritable scandale. Et c'est très bien de s'y opposer. Seulement... On peut peut-être aller plus loin encore. Voilà.

Une clameur s'éleva dans l'attroupement. Je fus ovationné.

Un manifestant hurla :

– Il a raison ! Il faut aller plus loin !

Un autre renchérit :

– Marre du blabla ! Il faut des actes !

Un troisième se détacha du groupe, m'arracha le mégaphone des mains et cria :

– Allez ! Tous à la Mairie ! C'est maintenant ou jamais !

Il s'élança vers les grilles de l'Hôtel de Ville. La foule lui emboîta le pas.

Les évènements s'étaient enchaînés rapidement et j'avais du mal à les assimiler. La seule chose dont j'étais sûr, c'était que le manifestant qui m'avait dérobé le mégaphone et qui se frottait désormais aux CRS n'était autre que Mickey.

Je m'élançai alors vers lui et fus pris dans la mêlée. Autour de moi, des corps s'entrechoquaient, des hurlements jaillissaient de visages grimaçants, du sang giclait d'arcades sourcilières entaillées. Associé à cette cohue, brinquebalé dans tous les sens, la tête me tournait et je me sentis soudain projeté en pleine guerre de Cent Ans. J'étais dans la peau du valeureux Bertrand du Guesclin lors de la bataille de Cocherel et je pouvais compter sur mes vaillants chevaliers bourguignons, picards et gascons pour mettre en déroute les forces anglo-navarraises au son des trompettes. Je bombai alors le torse, hurlai le cri de ralliement « Notre-Dame, Du Guesclin ! » et me lançai avec brutalité dans le corps à corps. Devant moi, un preux chevalier fut renversé et vit son étendard rouge confisqué. Un autre se défendit avec bravoure, mais, submergé par l'assaillant, tomba à terre et fut maîtrisé. La chaleur était étouffante, l'air était moite, les fantassins ennemis frappaient fort avec leurs boucliers pour briser nos rangs. Nous fûmes rapidement encerclés. Je résistai tant bien que mal à leur attaque jusqu'à ce qu'un félon me fasse un croche-pied et que je bascule en arrière. Plaqué au sol, les poignets entravés, je ne pouvais pas m'échapper. Je me rendis, la mort dans l'âme. À mes côtés, un combattant était lui aussi maintenu vigoureusement à terre par une main gantée. Je le reconnus aussitôt.

– Mickey ?

– Ouais, c'est moi.

CHAPITRE 39

Nous fûmes une dizaine à être conduit au commissariat de police. Je m'indignais du traitement qui nous était réservé en m'efforçant d'y mettre les formes pour ne pas contrarier davantage les forces de l'ordre. Je reçus en retour des insultes.

Mickey, lui, fut plus véhément. Il provoqua les agents en tournant en dérision leurs professions et le physique de certains. Il s'acharna notamment sur un policier qui avait le malheur d'être frappé d'une malformation – une sorte d'excroissance de la peau – et l'affubla de sobriquets blessants. Ce dernier baissa les yeux et refusa de répondre, certainement habitué à ce genre de bassesse.

J'étais ulcéré. Je brûlais d'envie de m'emparer d'une matraque pour tabasser Mickey. Comment Arsène avait-il pu engendrer un pareil salaud ? Comment Mickey pouvait-il se prévaloir d'idées humanistes et, dans le même temps, se comporter si abominablement ? Je fulminais devant cette méchanceté gratuite. Alors qu'il s'apprêtait à railler de nouveau l'agent de police, je me jetai sur lui et l'exhortai à cesser ses provocations. Il me repoussa brusquement :

– Qu'est-ce qui t'prend, toi ? Lâche-moi !

– Il me prend que t'es un salaud. Tout le monde me l'a dit. Les "Jah-Labert", Mélanie, Zaza Ozou… Il n'y a que ton pote Olivier qui t'a épargné parce qu'il est bien trop gentil, mais je suis sûr qu'il n'en pense pas moins !

Mickey chancela comme s'il avait reçu un violent uppercut. Je me calmai et lui expliquai la raison pour laquelle je m'étais lancé à sa recherche. Il m'écouta attentivement, et prit la parole d'une voix mal assurée :

— Un héritage ? Mais de qui ?

— De ton père. Il est décédé. Tu es au courant, non ?

— Oui, mais ça fait longtemps.

— Six mois.

— Non. Ça fait huit ans.

La situation se corsait. Je marquai une pause pour m'accorder un temps de réflexion et étudier la manière de procéder. Une expression maladroite, un mot inapproprié pouvaient ébranler durablement la vie de cet homme. Je devais faire en sorte que ce moment crucial soit pour Mickey le plus doux et le plus fluide possible.

— Est-ce que tu connais Arsène Brisson ?

— Non.

— D'après mes recherches, Arsène Brisson serait ton géniteur...

— Attends... Mon père ce n'était pas mon vrai père ?

Je sentais Mickey vaciller. On a beau être rompu à ces épisodes délicats, ce sont à chaque fois des remises en questions. Nous nous devons de les aborder en débutant, vierge de toutes idées préconçues. Peut-être avais-je été un peu abrupt dans ma démarche initiale. Je devais me rattraper. Je m'assis doucement en tailleur par terre. Mickey m'imita. D'une voix posée, je poursuivis :

— Mickey... Ta mère a eu une aventure avec un dénommé Arsène Brisson et tu es le fruit de cette union.

Mickey éclata en sanglots. Cela m'attendrit. Les pires comportements portent souvent leurs germes dans les blessures de l'enfance. Je considérai ses pleurs comme une réaction normale et compréhensible. Un professionnel doit savoir faire preuve d'empathie, mais jamais de sentimentalisme. Je laissai le temps à Mickey d'accuser le coup, puis, je lui pris la main. Il tremblait.

– Je comprends que ce soit un moment difficile à vivre, ce n'est jamais évident de perdre ses repères, mais sache que ton géniteur, à la fin de sa vie, a décidé de te reconnaître, toi, Nicolas Martin, et de te léguer ses biens. Il faut que tu considères cela comme une belle preuve d'amour.

Mickey releva ses grands yeux vers moi. Mon intervention semblait avoir fait mouche. J'étais fier. Il me demanda :

– Qu'est-ce que t'as dit ?

– Il faut que tu considères cela comme une belle preuve d'amour.

– Non. Avant. Mon nom.

– Nicolas Martin ?

– Oui. Je ne m'appelle pas comme ça, moi.

– Tu t'appelles comment ?

– Nicolas Jamois.

Je venais d'emprunter le plus court chemin qui mène de l'orgueil à la honte. Je demeurai un long moment hébété. Le regard de Mickey changea. Si j'avais pu y lire, dans les premiers temps, une certaine forme d'estime pour ma personne et la fonction que j'occupais, j'y distinguai désormais un mélange de commisération et de mépris. Je balbutiai :

– Ah bon ? Mais euh… Ta… Ta mère, elle ne s'appelle pas Marie Martin ?

– Non. Elle s'appelle Christine Jamois.

CHAPITRE 40

J'étais consterné. Ce dossier m'avait-il à ce point bouleversé pour que je me sois à ce point aveuglé et obstiné sur cette fausse piste ?

Je me repassais le fil des évènements. La bascule avait certainement dû se produire lors de mon entretien avec les « Jah-Labert ». Avaient-ils bien entendu le nom de « Nicolas Martin » avant de me confirmer que Mickey et lui ne faisaient qu'un ? Peu importait la réponse, le résultat était le même : je m'étais jeté la tête la première sur cette information sans la vérifier. J'aurais dû aller consulter les listes électorales arlésiennes. J'avais agi en débutant.

C'est sensiblement ce que j'expliquai aux policiers qui m'interrogeaient. Ils se montrèrent agressifs par moments. Selon eux, je m'épanchais beaucoup trop. Mes états d'âme, ils n'en avaient « rien à foutre ». Ils souhaitaient que je me cantonne uniquement aux faits.

Je leur présentai mes documents et mes notes pour prouver mes dires. Ils éprouvèrent alors un vif intérêt pour mon métier. Un adjudant me demanda des conseils à propos d'un arbre généalogique qu'il était en train de constituer pour sa famille. Je lui fournis plusieurs astuces pour optimiser son travail et ils finirent par me relâcher.

Je téléphonai ensuite à Fabrice pour lui rendre compte, mortifié, de ma bévue. Comme à son habitude, il se montra compréhensif et ne m'en tint pas rigueur. Je rendis ensuite les clefs de la voiture de location et pris le train pour Paris.

Durant le trajet, je rassemblai mes esprits et réfléchis à un plan d'attaque pour la suite de l'enquête. Je devais dorénavant me concentrer sur Marie Martin. Seulement, combien de Marie Martin existaient en France et à l'étranger ? Un nombre incommensurable.

Nicolas Martin étant né le 7 mai 1978, sa conception remontait a priori à la fin de l'été 1977. À cette période, Arsène débutait au CNRS comme jeune chercheur. Etait-ce dans ce cadre qu'il fit la connaissance de Marie Martin ? Probablement.

Une seule personne semblait avoir été assez proche de lui pour connaître cette liaison : Françoise Barthélemy. Ils s'étaient côtoyés au CNRS durant trente-cinq ans et étaient devenus des amis intimes. Si elle avait été en mesure de m'informer de la stérilité de Jacqueline, peut-être était-elle au courant de l'existence de cet enfant adultérin ?

La perspective d'avoir de nouveau affaire à Françoise m'effrayait. Huit ans auparavant, je m'étais vraiment comporté comme un Mickey. Je comprenais désormais sa réaction d'alors, comme celle de Charles Ferrand et des autres. Face à cette forfaiture – si je n'en avais été ni l'auteur ni l'acteur –, j'aurais certainement éprouvé le même sentiment de révolte qu'eux.

J'obtins la confirmation auprès du CNRS que Françoise était à la retraite. Cette information ne calma en rien mon angoisse. Je n'avais fait que gagner du temps et repousser une évidence : je devais lui écrire (lui téléphoner s'avérait de l'ordre de l'impossible).

Je demeurai un long moment les yeux rivés sur mon ordinateur. J'étais hypnotisé par le clignotement du curseur. Il apparaissait, disparaissait, apparaissait, disparaissait...

Un passage brutal dans un tunnel me sortit de ma torpeur. Je décidai de me lancer : « Chère Françoise »... Non, « chère » pouvait l'indisposer dès le début de la lecture. J'optai plutôt pour un simple « Françoise ». Mais qu'écrire ? Et comment l'écrire ?

— Contrôle des titres de transport, s'il vous plaît.

Je profitai de ce répit pour souffler. Ma voisine, une dame âgée, se pencha vers moi.

— Votre Françoise... Vous voulez lui dire quelque chose d'agréable ou de désagréable ?

— Je ne sais pas...

— Commencez déjà par vous demander si ce que vous voulez lui dire peut lui faire plaisir ou non, et ensuite vous écrirez.

Je la remerciai pour ce précieux conseil. Je me mis alors à imaginer que cette missive pouvait faire plaisir à Françoise. Cette perspective m'aida à rédiger l'e-mail.

Françoise,

Tu dois certainement être étonnée de recevoir de mes nouvelles depuis tout ce temps.

Je souhaitais, avant de t'exposer l'objet de mon e-mail, te livrer quelques explications sur mon comportement d'alors.

Je me suis muré dans le silence à l'époque parce que j'avais honte. Et j'ai toujours honte. En produisant ce faux document, j'ai agi par égoïsme et par orgueil. Je n'ai pensé qu'à moi, à ma carrière, à ma petite gloriole au mépris de l'institution, de toi, des autres et, surtout, d'Arsène.

Je m'en suis toujours voulu de ne pas l'avoir dédouané durant le conseil de discipline et de ne m'être jamais excusé auprès de lui. Je voudrais te présenter, à toi, les excuses que je ne t'ai pas faites à l'époque.

Je pourrais te livrer d'autres explications de vive voix si tu le désires.

J'en viens à l'objet de mon e-mail. Je suis devenu généalogiste successoral et, ironie du sort, je dois m'occuper de la succession d'Arsène. Je souhaiterais te poser quelques questions à son sujet, car il me manque quelques éléments dans sa biographie. J'aimerais honorer sa mémoire à ma façon en lui permettant que soient respectées ses dernières volontés.

Si d'aventure tu ne souhaitais pas me revoir – ce que je pourrais tout à fait comprendre – sache que je peux demander à l'un mes collaborateurs de te rencontrer.

Bien à toi,

Marc.

CHAPITRE 41

Revenir au cabinet constitua une expérience étrange. Je fus traversé par des sentiments ambivalents comme devaient l'être – toutes proportions gardées – les grands explorateurs en retournant chez eux après avoir parcouru le monde et vécu de nombreuses aventures. Je me sentais à la fois repu et mélancolique.

Fabrice me demanda à plusieurs reprises si j'allais bien. Je perçus chez lui une certaine inquiétude. Je l'entendis (les cloisons sont fines) interroger Hervé à mon propos :

— Dis, Hervé… Tu ne le trouves pas un peu bizarre, Marc, depuis qu'il est revenu ? Je ne parle pas seulement de sa nouvelle coupe de cheveux. Je parle de manière générale.

Hervé acquiesça. Je le sentais effectivement perplexe à mon égard quand je m'adressais à lui. Durant une pause déjeuner, je perçus une vive anxiété dans son regard lorsque je lui proposai de faire du squash avec moi. Je lui avais au préalable exposé mon souhait d'exercer une activité sportive régulière et m'étais navré de la difficulté de s'y motiver tout seul.

Étonnamment, Hervé accepta ma proposition – non sans une certaine appréhension – et nous trouvâmes une salle de squash à proximité du cabinet. Depuis, nous nous exerçons trois fois par semaine et nos liens se sont resserrés. J'ai appris à mieux connaître Hervé qui, sous des dehors austères, s'est avéré être quelqu'un de profondément humain et attachant. Fabrice, lui, ne souhaita jamais venir s'entraîner avec nous, mais il vit d'un très bon œil notre initiative. Il vint d'ailleurs nous soutenir lors d'une compétition régionale et nous félicita chaudement pour notre médaille.

Mais avant le squash, avant les félicitations, je dus prouver à Fabrice que mon travail et mes compétences n'avaient pas été affectés par mon séjour dans le sud. Je m'attelai alors à clore plusieurs dossiers en cours et, au bout de trois jours, il fut rassuré.

CHAPITRE 42

La réponse se fit attendre, mais, enfin, elle arriva. Ce fut un véritable soulagement.

Cher Marc,

Merci pour ton mail. Je reviens ce soir sur Paris. Nous pouvons nous rencontrer dans les prochains jours.

Bien à toi,

Françoise

Trois jours plus tard, Françoise et moi nous retrouvions dans un café de la rue Boucicaut. Elle était en avance.

Je fus troublé de la revoir. Hormis une teinture plus foncée et quelques rides supplémentaires, elle avait peu changé. Elle avait conservé sa douceur naturelle et son sourire espiègle, mais son regard semblait éteint.

Au moment de nous saluer, il y eut un atermoiement. Devions-nous nous faire la bise comme auparavant ? Nous serrer la main aurait été ridicule. Je décidai de provoquer l'accolade en me penchant vers elle.

– J'ai été surprise de recevoir ton mail. Je m'étais fait à l'idée de ne plus jamais avoir de tes nouvelles...

– Je m'étais fait également à l'idée de ne plus jamais en donner...

– Ça m'a touché ce que tu as écrit. Pourquoi pensais-tu que je ne souhaiterais pas te revoir ?

– Parce que... Je me disais que tu devais me détester. Et que tu avais raison de le faire...

– Je ne t'ai jamais détesté, Marc. Je t'ai surtout plaint.

J'étais en colère à cause de tout ce gâchis et… Enfin, non, je dis ça maintenant, avec le recul, mais… Je pense que ce n'est pas vrai. Pour être tout à fait honnête, je t'ai vraiment détesté à ce moment-là. Et, après, avec le temps…

– Et Arsène ? Il m'a détesté ?

– Je ne peux pas te le dire. Arsène n'était pas du genre à s'épancher, tu le sais bien… Je pense qu'il trouvait ça navrant pour toi. Lui, sa carrière était faite et la postérité, il s'en foutait un peu.

– Oui, mais à cause de moi il a été traîné dans la boue… Ça a forcément dû l'affecter, non ?

– Certainement. Peut-être. Je ne sais pas…

– Est-ce que tu l'as revu ensuite ?

– Oui. On s'est revu un peu. Après, j'ai pris ma retraite et on s'est éloignés. J'ai eu un cancer et ça m'a pas mal occupée. Puis, lorsqu'il est tombé malade à son tour, je dois avouer que je ne me suis pas bousculée pour aller le voir. Ça me rappelait de mauvais souvenirs. Ce n'est pas marrant d'être malade. Puis, ce n'est pas pour me dédouaner – enfin peut-être –, mais Arsène s'était beaucoup enfermé dans sa bulle. Il avait toujours été dans son monde, mais, là, je trouvais que ça devenait un peu pathologique. C'était de plus en plus difficile de mener une conversation avec lui. Il était… Oui, dans sa bulle.

Françoise s'exprimait d'une voix posée, claire. Ses yeux s'étaient embués l'espace d'un instant à l'évocation de son cancer. C'était donc cela. Comme on souffle une bougie, la maladie avait éteint la lueur vive qui animait le regard de Françoise et réchauffait le visiteur mélancolique qui pénétrait dans son bureau. Françoise avait été présente pour moi de nombreuses fois. J'éprouvai une grande tristesse de ne pas avoir pu lui rendre la pareille. En même temps, cela aurait-il été raisonnable ? Lors de mes vingt ans, un ami avait eu un très grave accident de parapente et, très touché par son malheur, je m'étais mis en tête de l'entourer de toute ma tendresse. J'étais alors venu le voir quotidiennement à l'hôpital, débordant de bonne humeur, muni d'une batterie de blagues et d'anecdotes désopilantes, et j'avais tenté par tous les moyens de lui arracher un sourire. Un jour, j'avais même surgi avec un déguisement de Super Mario Bros (mon ami était fan de jeux vidéo) et un ukulélé pour lui changer les idées pendant un scanner. Ses médecins, peu compréhensifs, m'avaient refusé l'accès à la salle, et ses parents m'avaient prié de lui « foutre la paix ». J'avais été décontenancé : leur enfant n'avait pas semblé réfractaire à ma compagnie, je pensais lui avoir fait plaisir. Comme mon ami avait perdu l'usage de la parole, il avait dû inscrire sur une ardoise Velleda le mot « dégage » pour que je saisisse pleinement le fond de sa pensée. Ma présence n'aurait donc pas forcément été d'un grand secours pour Françoise lors de son combat contre la maladie.

– Est-ce que tu connaîtrais par hasard une Marie Martin avec laquelle Arsène aurait entretenu une liaison à la fin des années soixante-dix ?

Le visage de Françoise se figea. Je lui fis alors un bref compte-rendu du dossier d'Arsène.

– Ça alors... Arsène ne m'a jamais parlé de cet enfant. Jamais. Du fait qu'il ne pouvait pas en avoir avec Jacqueline, ça oui. À une époque, il s'était livré sur ce sujet parce que ça le travaillait, mais... Il était au courant ? Enfin, j'veux dire, Marie l'a averti dès sa naissance ou bien il l'a appris sur le tard, à la fin de sa vie ?

– Justement, je ne sais pas. Tu as connu Marie Martin ?

– Oui. Elle travaillait aux Ressources humaines. Arsène savait que j'étais au courant qu'ils entretenaient une liaison, mais nous n'en avons jamais parlé ensemble. Je pense qu'ils étaient très amoureux l'un de l'autre.

– Est-ce que tu sais ce que Marie Martin est devenue ?

— Aucune idée. Elle a quitté son poste peu après. Certainement parce qu'ils avaient rompu et qu'elle ne souhaitait pas croiser Arsène tous les jours au boulot…

— Arsène avait-il l'air affecté à ce moment-là ?

— Oui, il m'a semblé plus… sombre, je dirais. Tu sais, on était très proche, mais on ne parlait pas de ces choses-là. Moi-même, à cette époque, j'entretenais une liaison avec quelqu'un au CNRS et je savais qu'il le savait, mais nous n'en parlions pas.

— Est-ce que tu sais comment je pourrais dégoter des informations sur Marie Martin ? Le CNRS doit conserver des archives de ses anciens employés, non ?

— Oui, bien sûr.

— Est-ce que tu penses pouvoir me les récupérer ?

— Mieux. Je vais faire en sorte de te procurer une accréditation et tu pourras accéder aux archives.

CHAPITRE 43

La façade du CNRS avait été ravalée depuis mon éviction, comme s'il avait été nécessaire de nettoyer ma souillure. À l'accueil, ce n'était plus la même personne. La jeune femme dont je n'avais jamais su le prénom (certainement parce que je ne m'en étais jamais soucié) avait été remplacée par un homme. Celui-ci me pria de patienter : madame Robin allait venir me chercher.

Je m'assis sur une banquette avec une certaine anxiété. Je faisais face à l'entrée. Si d'anciens collègues venaient à passer la porte, ils me verraient inévitablement.

J'aperçus justement Serge et Pierre. À l'époque, ils faisaient partie d'un de mes groupes de travail et, lorsqu'éclata l'affaire, ils s'étaient montrés très virulents à mon égard. Je fis immédiatement mine de pianoter nerveusement sur mon téléphone, la tête baissée et la main en visière sur le front. Ils ne me remarquèrent pas. Je demeurai dans cette position durant une dizaine de minutes.

— Monsieur Langlois ?

Madame Robin se tenait devant moi, souriante. Je ne l'avais jamais vue. Elle ne devait certainement pas être en poste lors de ma félonie.

Nous prîmes l'ascenseur et traversâmes plusieurs couloirs. J'observai mes pieds.

— Vous êtes déjà venu ici ?

— Il y a longtemps, oui...

Elle partageait son bureau avec une dame qui, lorsqu'elle m'aperçut, me dévisagea. Son visage m'était également familier, mais je ne parvins pas à me souvenir d'elle.

— Voilà. Toutes les archives sont là. Je vous laisse fouiller.

Je me mis à passer en revue les nombreux dossiers, heureusement classés par date.

Quelqu'un pénétra dans le bureau pour demander un renseignement. Je le reconnus aussitôt. Lui aussi. Il s'agissait de Jean-François Rouault. À l'époque, il occupait un poste de chargé de mission. Depuis, il était certainement monté en grade.

Il m'observa, immobile et mutique, comme s'il se tenait face à un revenant.

— Bonjour, Jean-François.

— Marc ?

— Je viens seulement ici pour effectuer une recherche. J'en ai pour une heure, je pense, et après, je m'en vais.

— D'accord.

Il tourna des talons sans prononcer un mot de plus. J'étais abasourdi. Ainsi, le seul sentiment que j'inspirais était l'indifférence. Je ne valais même pas la peine que l'on s'énerve contre moi, que l'on me hurle dessus, que l'on m'exhorte à m'excuser pour mes agissements passés. Je ne savais pas si je devais me réjouir de cet état des choses ou le déplorer.

Je mis la main sur la fiche de Marie Martin. Elle était née le 12 octobre 1954 à Paris dans le treizième arrondissement et avait travaillé au CNRS de 1974 à 1978. Son adresse à cette période se situait au 82 avenue Daumesnil dans le douzième arrondissement. Une photo accompagnait la fiche. Dessus, une jeune femme brune, les cheveux détachés, esquissait un sourire malicieux et fixait l'objectif avec un regard tendre. Je comprenais qu'Arsène ait pu tomber amoureux de cette Marie Martin. Elle était magnifique.

Je remerciai madame Robin pour son aide. Elle tint à me

raccompagner.

– Je vous remercie, mais je saurai me repérer pour retrouver la sortie.

J'avais envie d'arpenter cette maison qui fut mienne autrefois. Et tant pis si je croisais d'anciens collègues.

Étrangement, alors que je pensais ressentir une vive émotion, être frappé de nostalgie ou étranglé par le chagrin, je n'éprouvai rien. Absolument rien. Je cheminai dans les couloirs, en étranger. J'observai les chercheurs au travail dans leurs bureaux et je ne les enviai pas.

D'anciens collègues me fixèrent, estomaqués. Je leur répondis par un signe de tête, en arborant un sourire satisfait. L'idée qu'ils puissent penser que j'avais réintégré le CNRS m'amusait beaucoup. Je les imaginai répandre la nouvelle à tous les étages avec un air affolé : « il » est revenu.

En effectuant une halte au niveau d'une machine à café, j'épiai une conversation entre trois jeunes chercheurs. L'un d'entre eux s'exprimait sur un ton péremptoire, ponctuait ses phrases par des gestes secs et toisait ses collègues du regard. Cela le rendait antipathique à bien des égards. Je devais probablement ressembler à ce jeune chercheur à l'époque.

Avant de partir, je décidai d'aller jeter un œil à ce qui fut mon bureau et celui d'Arsène. Une plaque indiquait : « Charles Ferrand. Directeur de recherche ». Il avait donc obtenu le poste… Un rapide regard à travers la baie vitrée m'informa qu'il était absent. La porte n'était pas fermée à clef.

Hormis le matériel informatique, qui avait été remplacé, peu de choses avaient changé depuis mon départ. J'éprouvai l'irrésistible envie de m'installer à son bureau. Je m'assis dans le gros fauteuil en cuir et me mis à contempler la pièce.

C'était donc là que, vraisemblablement, j'aurais dû me retrouver si je n'avais pas pulvérisé ma destinée. Quel directeur de recherche aurais-je été ? Arrivé à mes fins, aurais-je gagné en sérénité ou, au contraire, bouffi d'orgueil, me serais-je comporté comme un petit chef ?

La porte s'ouvrit. Charles Ferrand entra et me regarda, entre incompréhension et effroi.

– Qu'est-ce que tu fais là ?

– Je me le demande aussi.

– Tu peux te lever de mon bureau, s'il te plaît ?

– Oui. Bien sûr.

J'obéis à sa demande. Charles Ferrand était désarçonné. Immobile, il serrait nerveusement la poignée de la porte et semblait ne pas savoir comment réagir.

– Je me faisais la réflexion que ça n'avait pas beaucoup changé ici...

– Cela fait trois ans qu'ils disent qu'ils vont faire des travaux... On attend toujours. Mais bon, aux dernières nouvelles, on va peut-être déménager...

Mon regard se posa sur un petit portrait d'Arsène situé sur une étagère. Charles Ferrand s'en aperçut.

– Tu n'es pas venu à son enterrement.

– Non. Je ne pense pas que j'aurais été le bienvenu.

– Tu sais, les enterrements... Viens qui veut venir.

– Peut-être. C'était une belle cérémonie ?

– Oui. On lui a rendu un bel hommage. J'ai fait un petit discours.

– C'est bien... Tu l'as revu, toi, après sa retraite ?

– Un peu. J'ai fait en sorte de rester en contact avec lui. J'allais le consulter de temps en temps et puis je ne sais pas... J'ai eu l'impression que ça l'ennuyait, enfin qu'il avait d'autres préoccupations. Un jour, il m'a dit "Tu sais, moi je suis dans le grand âge alors le Moyen-Âge..." Ensuite, il est tombé malade... Tu l'as revu, toi ?

– Non.
– Pourquoi ?
– Parce que... Je n'ai pas osé. Comment ça se passe le boulot ?
– Écoute... Pas mal de boulot justement. On a fait paraître récemment un article qui a eu pas mal d'écho à propos des Templiers. Je ne sais pas si tu l'as vu...
– Non. Je me suis un peu éloigné de tout ça, tu sais...
– Qu'est-ce qui t'amène ici alors ?
– Ce serait trop long à t'expliquer... Je passais juste vite fait. J'allais partir d'ailleurs.
– OK... Si tu veux, on peut se prendre un café un de ces quatre pour que tu m'expliques tout ça...
– Pourquoi pas, oui.

CHAPITRE 44

Un jeune couple habitait l'appartement de l'Avenue Daumesnil que Marie Martin louait à l'époque. Je me rendis alors aux archives départementales pour consulter les registres d'état civil.

Je fus heureux de revoir Anne-Charlotte. Elle semblait épanouie. Ses problèmes personnels s'étaient probablement dissipés.

— Vous avez changé de coiffure…

— Oui.

— Ça vous change.

— Ah ?

— En bien. Enfin, c'est un autre style, quoi.

Je pense avoir rougi, car elle a ri. Deux charmantes fossettes apparurent sur ses joues. Cela donnait envie de la rendre heureuse juste pour les voir poindre.

Je ne m'installai pas à ma place lugubre habituelle. J'avais besoin de lumière. Je jetai mon dévolu sur un bureau situé près d'une fenêtre. Anne-Charlotte s'amusa de ce bouleversement lorsqu'elle m'apporta les dossiers.

— Hé bien ! Il n'y a pas que la coupe de cheveux qui change !

— J'avais envie de soleil.

Je mis la main sur l'état civil de Marie Martin. Ma première surprise fut de découvrir qu'elle était décédée le 18 décembre 2012 à Paris. Je contactai alors le notaire mentionné sur l'acte de décès. Sur la déclaration de succession qu'il me fournit, je constatai que la descendance de Marie Martin était seulement composée de deux filles (issue de son mariage avec Paul Martinez le 19 août 1982) : Anaïs, née le 18 janvier 1983 à Paris, et Olivia née le 29 juin 1985 à Paris. Nicolas Martin n'apparaissait nulle part. Ce n'était pas normal.

J'avais eu des cas complexes à traiter, mais celui-ci me semblait de loin le plus ardu. Peut-être allait-il rejoindre la liste des dossiers sur lesquels nous bûchions depuis des années ? Peut-être me faudrait-il une vie pour parvenir à le clore ?

Je poursuivis mes recherches en consultant à nouveau l'Etat Civil. Marie Martin avait une grande sœur, Charlotte Martin, née le 11 juin 1954 à Paris, et mariée depuis le 13 juillet 1974 à Arthur Masson-Darras. Je choisis de remonter, dans un premier temps, cette piste.

Dans un annuaire, je débusquai assez aisément une adresse à Meudon et un numéro de téléphone.

— Bonjour, Madame. Je m'appelle Marc Langlois. Je suis généalogiste successoral et je souhaiterais savoir si vous êtes bien la sœur de Marie Martin, née le 12 octobre 1957 à Paris.

— Oui. C'est bien moi.

Je pris rendez-vous avec elle l'après-midi même.

En raccrochant, je poussai un cri de joie. Je rangeai mes affaires à la hâte et me précipitai pour rendre les dossiers à Anne-Charlotte. Dans un mouvement maladroit, je les fis tomber par terre. Elle s'empressa de vouloir les ramasser.

— Laissez. Je vais le faire.

— Non. C'est moi qui les ai fait tomber.

— Non, c'est bon. En plus, je n'ai rien à faire donc ça va m'occuper !

— Est-ce que, pour me faire pardonner, je peux vous inviter à dîner ?

La question était sortie aussi naturellement que si elle avait été prononcée par un acteur glamour dans un film américain. Sauf que c'était moi qui l'avais articulée. Je n'en menai pas large. Mon acte de bravoure me donna le vertige et je crus un instant que j'allais tourner de l'œil, ce qui aurait été d'un ridicule achevé.

– Quand ?

Sa réponse. Son sourire. Ses fossettes. Je vacillai.

– Euh... Ce soir ?

– Ce soir, je ne peux pas. Jeudi soir ?

– Jeudi soir, c'est bon pour moi.

Les gens me dévisagèrent curieusement dans la rue. Certainement à cause de l'immense sourire qui avait pris possession de mon visage.

CHAPITRE 45

Charlotte Masson-Darras était vêtue d'un sari. Une baguette soutenait sa lourde chevelure en chignon. Elle me reçut dans un pavillon cossu situé sur les hauteurs de Meudon. Nous nous installâmes dans son jardin.

Ce havre fleuri était à son image : doux et calme. Le bruissement du vent dans les feuillages et les gazouillis des oiseaux composaient une jolie cantate. Je reculai le moment de déranger cet équilibre paisible.

— Vous vouliez me parler de ma sœur ?

— Oui. Le nom d'Arsène Brisson vous est-il familier ?

— Ouh la, oui. Mais ça nous ramène quarante ans en arrière !

— Justement. Je souhaiterais que nous fassions ensemble un petit voyage dans le temps si cela ne vous dérange pas. Arsène Brisson et votre sœur ont-ils entretenu une liaison ?

— Oui.

— Combien de temps a-t-elle duré ?

— Je dirais un an, un an et demi. Ce ne fut pas une période heureuse pour ma sœur. Enfin, non. J'exagère. Il y a bien sûr eu des moments heureux. Mais disons qu'elle se fourvoyait dans une relation qui, d'après moi, n'aurait mené à rien. Cela se sentait qu'il ne quitterait pas sa femme. Il lui mentait à longueur de journée.

— Avez-vous été amenée à rencontrer Arsène Brisson ?

— Oui. À plusieurs reprises. Il était très sympathique, très agréable à vivre. Et je pense qu'il était vraiment amoureux de Marie. Mais bon… On peut être très sympa, très agréable et, en même temps, très lâche.

Charlotte Masson-Darras défit son chignon et laissa dévaler des cheveux d'un blanc si éclatant que je me demandai s'il ne s'agissait pas d'une teinture. Elle me servit une tisane. Je n'avais pas osé refuser sa proposition et me forçai à tremper les lèvres dans cette boisson que je n'avais jamais trouvée digne d'intérêt, la considérant comme une vulgaire eau chaude parfumée. Je fus surpris. Dès la première gorgée, j'eus l'enivrante impression qu'un hibiscus poussait dans ma bouche et y distillait son doux arôme. Je fis part de mon ressenti à mon hôte et repris mon questionnaire :

– Êtes-vous au courant que cette union a donné lieu à un enfant ?

– Oui. Enfin... Un enfant...

– Un enfant qui s'appelle Nicolas...

– Je ne sais pas quel nom ils avaient prévu de lui donner... Et ça me fait bizarre de parler d'"enfant"...

– Comment cela ?

– Ils avaient certainement dû discuter d'un prénom ensemble. Ils étaient tellement enthousiastes à l'idée d'avoir un enfant... Mais bon, comme il n'est pas né, je trouve étrange que vous me parliez d'enfant.

L'hibiscus flétrit instantanément et répandit un effluve âcre. Je regardai Charlotte Masson-Darras avec stupeur.

– Votre sœur n'a pas donné naissance à l'enfant ?

– Non. Il y a eu des complications et elle a fait une fausse couche au bout de trois mois. Cela a été épouvantable pour elle. Et le comportement d'Arsène n'a rien arrangé...

– C'est à dire ?

– Je pense que cet épisode a été très difficile à vivre pour lui aussi. Cette nouvelle l'a complètement chamboulé, mais, pardon du mot, il s'est comporté comme un connard avec ma sœur. Non seulement il n'a pas été là pour elle, mais, en plus, il l'a larguée comme un... comme un malotru.

Marie est tombée en dépression. J'ai dû la ramasser à la petite cuillère.

— Ah, d'accord…

— Je suis allé voir Arsène à son boulot pour lui dire le fond de ma pensée. Il est resté, comme ça, les bras ballants, à me regarder sans me fournir d'explications. J'avais envie de le secouer. Quel salaud ! Alors que c'est lui qui avait tanné ma sœur pour avoir un enfant !

J'étais abasourdi. Non seulement j'apprenais que cet enfant n'avait jamais réellement existé, mais, de surcroît, qu'Arsène, si bon, si exemplaire, s'était comporté à un moment de sa vie comme un « connard ». Cette dernière révélation me bouleversait plus que la première. Arsène avait été faillible. Arsène avait fait du mal aux autres.

— Arsène Brisson a indiqué une adresse de domicile pour Nicolas Martin dans son testament : le 18 rue Frédéric Mistral à Arles. Est-ce que cette adresse vous dit quelque chose ?

— Oui. Un couple d'amis y habitait à l'époque. Nous sommes allés les voir avec mon mari, ma sœur et Arsène durant un week-end. C'était très joyeux. Un très beau souvenir.

— Est-ce que, à tout hasard, il s'agissait d'un week-end de mai 1978 ? Je pense plus particulièrement au pont du 8 mai.

— Oui… Vous avez raison. C'était le pont du 8 mai.

— Je comprends mieux alors. Arsène a dû mettre la date de conception de l'enfant à naître – le 7 mai 1978 – comme date de naissance dans son testament.

CHAPITRE 46

D'après l'arbre généalogique que j'avais réalisé, le neveu d'Arsène, Denis Brisson, devenait, en l'absence de légataire universel, l'unique héritier.

– On peut se dire 9 h 30. Pétantes, hein. J'ai un brief avec l'équipe à 10 h et, après, je dois aller direct à Strasbourg pour closer un deal. Je n'ai pas beaucoup de temps à vous accorder.

Le lendemain, à 9 h 30 précises, je pénétrai dans un immense loft. Denis Brisson m'accueillit en bras de chemise, décontracté.

– Entrez, entrez. Vous connaissez la boîte, j'imagine ?

Oui, je connaissais la « boîte ». Elle avait, d'ailleurs, constitué un sujet de débat entre Hervé et Fabrice au sein du cabinet. Hervé refusait de cautionner ce qu'il considérait comme un esclavage moderne. Fabrice, lui, voyait dans la livraison à vélo un moyen de protéger l'environnement. Moi, je n'avais pas d'avis tranché sur la question, mais, lorsque Fabrice passait une commande sur leur plateforme en ligne, je me disais que, tant qu'à ce que le livreur se déplace pour un repas, autant qu'il le fasse pour deux...

– C'est ouf quand on y pense. On a commencé à trois, il y a six ans, dans un petit studio, et, là, maintenant, regardez : 500 mètres carrés, l'Opéra de Paris à deux pâtés de maisons. On a embauché soixante salariés et on a presque 10 000 livreurs dans toute la France maintenant. Non, j'vous dis, c'est ouf ! Vous voulez un café ? Court ? Allongé ? Sucre ? Pas de sucre ?

Denis Brisson était survolté. Il parlait vite et passait compulsivement sa main dans ses cheveux pour se décoiffer. Son visage était parcouru de tics nerveux. Je l'écoutais en silence en feignant de temps en temps l'admiration. C'était l'effet qu'il souhaitait produire sur moi et je ne voulais pas le décevoir.

— Alors ? C'est quoi cette histoire d'héritage ?

— Bien, après avoir effectué des recherches, il semblerait que vous ayez des droits sur une succession. Je vous invite à signer ce contrat de révélation afin que je puisse vous en dire plus.

— Ah. Super. J'commence déjà à me faire taxer avant de toucher quelque chose.

— Il s'agit seulement de mes honoraires pour couvrir les dépenses engagées lors de cette recherche et rémunérer mon travail.

— OK. D'accord. Allons-y, alors. De toute façon, je n'ai pas le temps de marchander.

Denis Brisson signa le contrat avec un stylo Mont-Blanc. Durant un court instant, j'enviai sa réussite. Je n'ai jamais été matérialiste, jamais été attiré par le luxe ; pourtant, j'ai toujours rêvé d'en posséder un.

— Arsène Brisson. C'était bien votre oncle ?

— Oui… Il est décédé ?

— Il y a six mois, oui.

— Ah, d'accord. Moi, je ne le connaissais pas trop. Vous savez, mon père est mort quand j'avais trois ans… J'ai vu mon oncle quelques fois, quand j'étais petit, mais bon… Je ne suis pas très famille. D'ailleurs, je n'en ai pas vraiment…

— Arsène Brisson n'avait pas d'enfant et, sur l'arbre généalogique, c'est vous qui êtes le plus proche de lui. Vous êtes son héritier.

— Cool.

Cette nouvelle semblait lui faire ni chaud, ni froid. Il

n'était pas avec moi. Il était déjà dans son « brief » de 10 h. Il s'exprimait devant ses employés, se gargarisait de ses « résultats excellents », montrait des graphiques, parlait de « process », de « disruption », de « feed-back », de « business plan », et de « lead ».

L'héritage d'Arsène avait donc échu entre les mains d'un startuper gorgé de cocaïne. Je me surpris de ne pas m'agacer de cette situation, ni même de la déplorer. Arsène aurait certainement haussé les épaules et dit d'un air las : « Bah... C'est comme ça. »

Oui, c'était comme ça. Et c'était tout.

CHAPITRE 47

Maître Carrel et Maître Chevalier m'avaient donné rendez-vous devant le domicile d'Arsène pour effectuer l'inventaire de ses biens. Nous devions désormais évaluer la valeur de la succession. Denis Brisson ne pouvait pas être présent et m'avait mandaté pour le représenter.

Le notaire et la commissaire-priseuse arrivèrent ensemble, très complices. Je trouvais qu'ils formaient un joli couple. Au moment de les saluer, je leur lançai :

— Bonjour les amoureux !

Ils firent mine de ne pas relever mon intervention, mais je perçus un certain malaise. Ils prirent l'ascenseur et, de mon côté, j'empruntai l'escalier en prétextant vouloir faire de l'exercice. En réalité, je ne souhaitai pas partager davantage ce moment gênant avec eux, surtout dans un habitacle aussi exigu.

Maître Carrel ouvrit la porte de l'appartement d'Arsène. En pénétrant à l'intérieur, Maître Chevalier s'étonna :

— Ouh la la. C'est un véritable capharnaüm là-dedans !

Des livres. Nous nous trouvions devant une multitude de livres. Ceux qui n'avaient pas trouvé leur place sur les étagères gisaient à même le sol et formaient un labyrinthe étourdissant. Je reconnus, parmi les ouvrages, plusieurs exemplaires de celui que nous avions coécrit sur Philippe VI de Valois.

Maître Carrel indiqua que l'appartement, d'une superficie de 60 mètres carrés, valait 630 000 euros. Les avoirs d'Arsène sur ses différents comptes bancaires s'élevaient à 41 849 euros. Pour connaître la valeur totale de la succession, Maître Chevalier devait désormais expertiser ses biens mobiliers et leur donner une estimation.

Elle se désolait devant chaque meuble, chaque bibelot, chaque tableau. Rien ne semblait, ici, avoir de la valeur.

Pourtant, la valeur se trouvait partout dans cet appartement, mais, elle ne se situait pas là où Maître Chevalier la cherchait. Elle se logeait dans les innombrables dossiers touffus qui jonchaient le parquet, mémoires d'une vie entièrement dédiée à l'Histoire. Ce qu'elle effleurait sans daigner y poser le regard, c'était la passion d'un homme, ce pour quoi son cœur avait battu durant 72 ans. C'était son histoire.

Sur une commode, j'aperçus des photos encadrées. Arsène et Jacqueline figuraient, souriants, devant des paysages issus de contrées plus ou moins lointaines. L'Égypte, le Chili, le Mont-Saint-Michel, l'Espagne, Nice... En vieillissant, ils ressemblaient davantage à un frère et une sœur.

D'autres clichés concernaient sa vie professionnelle. Je fus surpris de me voir figurer sur certains. Il y avait deux photos de groupe sur lesquels nous posions tous, entre collègues, mais aussi une photo qui nous représentait tous les deux, Arsène et moi, lors d'un colloque à Nancy. Puis, j'aperçus, un peu à l'écart, dans un petit cadre bleu, une photo de moi, l'air ravi, prise durant un pique-nique au jardin des plantes. Cette découverte me bouleversa. J'observai longuement cette relique, silencieux, les yeux embués de larmes.

— Tiens, ça peut peut-être vous intéresser, ça.

Maître Carrel s'adressait à moi. Il était dans la chambre. Je repris possession de mes moyens et, discrètement, j'enfournai dans ma sacoche plusieurs photos encadrées.

Il tenait entre ses mains un amas de lettres. Elles étaient toutes destinées à Nicolas Martin, à son adresse à Arles, et n'avaient jamais été envoyées.

Je m'installai au bureau d'Arsène et décachetai quelques enveloppes. La lecture s'avéra difficile. Dans ses missives, Arsène avait entremêlé méditations, souvenirs, poésies, considérations ésotériques et philosophiques dans un lyrisme très hermétique. Il semblait avoir noirci ces pages en laissant libre cours à sa pensée et avait écrit ainsi, au fil de la plume, un nombre phénoménal de lettres. Ce courrier n'avait probablement pas été rédigé pour être lu et je fus traversé d'un mauvais sentiment à être en train de le faire. J'interrompis ma lecture et jetai les lettres dans la corbeille à papier.

Au soir de sa vie, Arsène, pétri de regrets, de remords ou bien des deux, certainement proche de la démence, s'était tellement convaincu de l'existence de ce fils qu'il avait fini par lui donner une réalité. Lui aussi avait produit un faux et, par un curieux coup du destin, c'était à moi qu'était revenue la tâche de le rendre vrai durant l'espace d'un moment.

Arsène n'avait pas eu de fils, mais il avait engendré plusieurs enfants. Ses enfants, c'était moi, c'était Charles Ferrand, c'était Pierre Poitevin, c'était Stéphanie Vargas, c'était Rémi Gaidon, et bien d'autres à qui il avait transmis sa passion et son enseignement. Il nous avait vu grandir et nous nous étions également vus grandir à travers le regard qu'il posait sur nous.

Arsène n'avait pas eu de descendance, mais il avait établi une transmission, un relais entre les générations. Peut-être était-ce ainsi qu'il avait envisagé la paternité.

L'esprit embrumé par l'âge, la maladie et la solitude, Arsène avait-il éprouvé le sentiment désespéré de l'inutilité de son existence au lieu de considérer l'importance qu'il avait eu pour chacun de nous? Je ne l'espère pas. Je souhaiterais plutôt que, dans sa manie de toujours vouloir maîtriser les éléments, en écrivant ce testament, en faisant en sorte qu'il soit délivré à Maître Carrel, puis qu'il atterrisse entre mes mains, il ait secrètement désiré voir s'accomplir un vœu dont je préfère ne pas révéler la nature, de peur de paraître ridicule ou présomptueux.

Maître Carrel referma la porte de l'appartement. Dehors, Maître Chevalier nous proposa d'aller déguster des macarons dans un salon de thé à proximité. Je refusai poliment l'invitation. Je devais dîner le soir même avec Anne-Charlotte et j'avais prévu de m'acheter, pour l'occasion, une nouvelle chemise.

REMERCIEMENTS

À Céline Urbain, Nathalie Heydel, Pablo de Gastines, Christophe Pavan, Jimmy Gavroy, Philippe Lefebvre et mes parents pour leur relecture bienveillante et attentive.

À Pol Naudin pour ses renseignements sur le métier de généalogiste successoral.

À Louise Gaxie et Julien Théry pour leurs informations sur le milieu de la recherche.

www.aurelienlaplace.com

Illustration de la couverture : Pablo Ka

Librinova
www.librinova.com

Achevé d'imprimer chez SoBook le 20-11-2021

Linselles - France

N° impression : 736 721